U0165035

最后的耍猴人

马宏杰 著

上海文艺出版社
Shanghai Literature & Art Publishing House

序 接地气的马宏杰

与马宏杰相识，缘起于老六的《读库》。

那篇《耍猴人江湖行》，那冷峻的笔触、冷峻的镜头、冷峻的黑白照片，以及马宏杰数年坚持不懈的记录写实过程，让我不仅甚为感动，也留下了深刻的印象。

我记不清是如何与马宏杰取得联系的，是我先在《有报天天读》节目中的"浮世绘"环节里，介绍过他的采访经历和摄影作品，还是他先主动和我取得联系？时隔多年，印象有点模糊，但这又何妨？在浮躁的、功利主义甚嚣尘上的当下，能如此持之以恒、坚持不懈、忠于现实地记录一个新闻过程，一个人物的命运，一个大时代里小人物的酸甜苦辣、悲欢离合，何其不易。

只要记住这一点，记住马宏杰的名字，就足够了。

2008年底2009年初，我参与了凤凰卫视《走读大中华》的主持和拍摄。那是另一种不可多得的人生阅历。感谢这个栏目，让我有机会在其后的数年间，几乎走遍了祖国大地的繁华都市、穷乡僻壤，记录了中国更真实的另一面。

很荣幸，我在走读过程中，找到了像马宏杰这样的知音，这样的同行。

在《走读大中华》编导张征的居间联系下，我与马宏杰有了合作的机缘，跟随他曾经记录的河南新野耍猴人，在江西余干做了一次近距离跟拍记录。

那是个雨雪交加的寒冬，与耍猴人相处的那几天，我和我的伙伴们用摄像机，马宏杰用照相机，完整地记录了耍猴人的艰辛。节目播出之后，引起了诸多反响，我和我的伙伴们真实感受和分享了马宏杰一以贯之的专业主义态度和精神，那是一般人在空调房、暖气屋里无法获得的对生命价值的追寻和体验。

再就是 2010 年冬天，随马宏杰一起，从湖北出发，一路记录湖北大龄青年刘祥武到宁夏固原"买妻"的过程。

这一过程，在马宏杰的书中已有详尽的记录，此不赘述。刘祥武没"买"到妻子。分手时，我将身上的军大衣脱下，送给了衣衫单薄的他。我和马宏杰一样，只是一个小人物一段命运的记录者，我无法帮助他实现"买妻"的梦想。

参与《走读大中华》节目的拍摄，是一个足以令人心力交瘁的过程，时常会在充满自责和内疚的情绪中辗转反侧、备受煎熬。这是因为你看到了太多最底层人群的疾苦，看到了太多无助、太多陷入困境时的绝望面孔。你也许可以帮一些人，或完成一些事，但你根本没有能力去帮助所有的人，做所有的事。这会让你更加充满无力感、焦灼感，甚至负罪感。

他们告诉我，这是抑郁症的前兆。

也因此，我对马宏杰近30年如一日的坚持，对他始终如一、一本初衷的努力，越发充满由衷的敬佩。

以马宏杰的从业经验和专业技能，他大可以更多地迎合市场，拍摄一些媚俗的、商业的、可以获得更多声誉和名利的作品，他所服务的新闻单位，在海内外具有极高的知名度和品牌效应，马宏杰大可不必选择这一类吃力未必讨好的选题，但他没有选择捷径，没有选择安逸，没有选择仅仅是行走于山水之间的悠闲自在，没有选择仅仅用镜头去展现大自然的美和诸多造化。

我看过马宏杰其他的作品，比如南海西沙的那一组彩色图片。为了追求最好的效果，他甚至专门去学习水下摄影，并获得了国际认可的水下摄影师资格。看得出，他是个很认真执着的新闻从业人员。

我知道他的每一次跟拍、记录，几乎都是在燃烧生命的一部分去完成，他的记录对象，几乎都是社会最底层、最贫困、最无助的个体和人群。

他可以有更多选择，但他选择了最难的。也因为最难，才会有如此的灿烂和精彩。

2014年春节前，接到马宏杰的电话、短信和信函。他告诉我，浙江人民出版社即将出版"老马看中国"系列的《西部招妻》《最后的耍猴人》等作品，提醒我，数年前我承诺过，一旦他出版关于这段记录和历程的书，我要为他写点文字。

　　提笔之前，我想起了这些年自己在不同场合反复提过的六个字："接地气，说人话。"

　　这六个字，其实就是一个大时代新闻从业人员的职业伦理准则和行为规则，这不仅是责任，也是担当。

　　马宏杰就是这样一个担当者。

　　他还会继续坚毅前行，还会继续负重远行，我对此深信不疑。

　　是为序。

　　　　　　　　　　　　　　　　　　　　　　杨锦麟
　　　　　　　　　　　　　　　　　　　　甲午春于香港

自序　我关心那些生活在底层的人

一个人永远走不出童年的影响。我的摄影之路，最初是在寻觅儿时记忆里的环境和人。

我出生在那个全民饥荒刚刚结束的年代。家里没给我留下一张小时候的照片。我的父亲兄妹五人，他排行老四，是家里学习最好的孩子，本可以上大学，因为爷爷有病，为减轻家里负担，1958 年 7 月，他中学毕业后就工作了。当时国家有政策，凡在工厂考上大学的人，一切上学费用由厂里承担。父亲打算边上班边学习，不承想赶上"大跃进"，每天工作长达 12 小时，上大学的梦想，也就没有了。

父亲至今珍藏着自己结婚前的一张相片，相片里的他很文艺，是个美男子。刚上班那会儿，父亲认识了一个女孩。那女孩胆大，很喜欢他，经常主动找他搭讪。父亲也喜欢她，就是担心自家条件差，和女孩家不是门当户对。有一次，在女孩的宿舍，两人交谈到很晚，父亲准备回家时，女孩极力挽留，还把灯给关了。这举动的言外之意，父亲当然清楚，但他不知所措地说了句"这样不好吧"，就起身离开了。从此，女孩没再找过父亲。

父亲20岁时，通过亲戚介绍，认识了母亲。母亲生在农村，和父亲没什么共同语言。1962年，父亲和母亲结婚。母亲很高兴，她嫁给了一个有文化的城里人。

后来就有了我和弟弟。从我们记事起，父母就经常吵架甚至打架。父亲遇到问题喜欢讲道理，没文化的母亲偏不吃这一套。生活中这些琐碎又巨大的矛盾，就这样伴随着他们的一生。那个年代，离婚是很丢人的事，他们只能凑合着过下去。

父亲在洛阳玻璃厂工作。我还没上学时，他总带着我和弟弟上班。玻璃厂有三个门，有的门卫看他带着孩子，经常不让进，他就绕到别的门进去。时间久了，厂里的门卫都认识了这个带孩子上班的男人，在他进门时常说一句"要斗私批修呵"，来刺激他一下。

等我稍大一些，父亲把我送到了郊区的爷爷奶奶家。

爷爷走路时，腰是弯着的，那是接近90度的弯曲。我问父亲："爷爷的腰是不是给地主做长工时累成这样的？"那个年代的电影里常有这样的情节。父亲说："不是，爷爷年轻时家里穷，他用扁担挑着面粉去赶集，回家后把换来的麦子磨成面粉，再去赶集。每天挑着很重的担子赚钱生活，时间久了，腰就弯成这样了。"

爷爷家有两孔窑洞，一孔自己住，一孔给我大伯住。有天早上，奶奶盛好饭，让我坐在窑洞前的凳子上吃。当时院子里堆满了刚刚收获的玉米，爷爷对站在院子里的大儿子说："宣立（我大伯的名字），你帮我把这些玉米扛到窑洞上的场里晒晒。"我大伯说了一句他没工夫，就走开了。爷爷开始自己装玉米。当爷爷背着一个大麻袋，身体弯成近90度，从正在吃饭的我面前走过时，那场景让我惊呆了。别人是用肩膀扛东西，爷爷是用腰扛东西，装着玉米棒子的大麻袋，像一座山压在他身上。

我放下饭碗，不作声地跟在爷爷身后。我知道他还要爬一个约30度、长近20米的土坡，才能把玉米运到我们住的窑洞上面。我跟在后面，看爷爷把麻袋放下了，我拉着他的手问："为什么大伯不帮你把玉米扛上来？"爷爷笑笑说："分家了，他地里有活干，顾不上了。"

奶奶虽然没有文化，却是一个聪慧善良的人。她住的窑洞只有一个门，为了屋里亮一些，就在门旁挖了扇窗，找了些胶布作遮挡，但时常会漏风漏雨，冬天还得用砖头再砌起来御寒。我问奶奶："我爸爸就在玻璃厂上班，让他从厂里拿一块玻璃回来装上，不就可以了吗？"奶奶说："孩子，我们马家人不能随便拿公家的东西，这和偷人家东西一样不道德。"我于是跟奶奶说："等我上班后，第一个月挣的工资，就去给你买一块玻璃，装在窗户上，让太阳照进来。"那时我五六岁，在奶奶的窗户上装一块玻璃，成了我最大的愿望。

1972 年春，奶奶去世了。那时我刚上小学一年级，没有实现对她的承诺。

同一年秋天，爷爷去世了。爷爷去世的时候不是躺着的，父亲拿一床被子垫在他背后，爷爷就这样弯着腰，半坐在那儿，永远和我们告别了。

爷爷奶奶的墓地在焦枝铁路旁。每次坐火车路过那里，我都会到窗口去看望他们。随着时间的推移，墓地周围盖起了楼房。现在我坐火车路过，再也看不到他们的墓地了。

我小时候非常调皮胆大，经常带着小伙伴们上房掏鸟蛋，下河抓鱼虾。有一次我爬上玻璃厂 30 米高的烟囱，被母亲发现。我坐在烟囱上，远远看见她往这边跑，立马下来，溜得不见踪影。为此，我没少挨父亲揍。父亲的教育方式很传统，"棍棒之下出孝子""头悬梁锥刺股"之类的话，他没少跟我讲。

我的一个小学老师经常来我家做家访，她每来一次，我都得挨父亲一次揍。班上还有一个跟我一样穷的孩子，他也经常因为老师家访而挨揍。那会儿，学校没有少先队，只有"红小兵"。除了我们俩，班上其他同学都是"红小兵"。

1976 年夏，我们小学毕业了。开完毕业典礼，老师把我和那个孩子叫到办公室："我宣布，你们俩从今天起是'红小兵'了。"当时学校里已经没有别人了，所以至今也只有三个人知道我们俩也是"红小兵"。就这样，我小学毕业了。

我的中学老师里，有一位教英语的印尼华侨。有一次学校开运动会，要求男同学一律穿白衬衣、蓝裤子。那时候社会上流行"的确良"布料，很多同学都有用这种布料做的白衬衣。父亲为省钱，用农村织的白粗布给我做了件衬衣，还用漂白粉漂白了。

这位华侨老师看到全班就我一个人穿了这样一件白衬衣，在冷嘲热讽后居然踢了我一脚，让我站在队伍的最后面。那一刻，我心理上受到了巨大打击，处于叛逆期的我，甚至想冲上去揍他一顿。

从那以后，我有了退学的想法。最后还是班主任谢老师做我父亲的思想工作，我才上完中学。

1983年，我中学毕业后，在玻璃厂的待业中心打工。当时有个朋友喜欢摄影，花700多块买了一台理光5相机，我常和他骑车去龙门石窟、白马寺、关林庙拍照。那年代不称"摄影"称"照相"，大家把照相馆的师傅也称为"照相的"。没有想到，我第一次发表的作品是用借来的相机拍摄的。

1984年，我也花700多块钱买了一台玛米亚单反相机，开始自己冲洗照片，在报刊上发表更多作品。1989年，因为没钱结婚，我把这台相机卖了。结婚两年后，我又买了人生中第二台相机：美能达700。

起初，我常在田间地头，还有车间里、马路上寻找题材，用镜头唤醒儿时记忆中的画面。慢慢地，对摄影的兴趣转换为内心深处的热爱。摄影开始成为我生活中越来越重要的一部分。我开始接触到一些摄影大师的作品：亨利·卡蒂埃-布列松（Henri Cartier-Bresson）、约瑟夫·寇德卡（Josef Koudelka）、赛巴斯提奥·萨尔加多（Sebastiao Salgado）……

有一天，我在《中国国家地理》杂志上看到一组"喜马拉雅采蜜人"的图片，心灵深处受到强烈的震撼——原来摄影师还能用如此罕见的视角，传播人类的生存精神！于是我决定，我也要做这样的摄影师。

我义无反顾地从工厂辞职。我相信自己完全可以走出一条自己的路。20世纪90年代，我开始大量拍摄专题图片。一年时间里，我拍光了2000多个胶卷。

1992年，我和几个爱钻山沟的影友来到河南新安县峪里乡，发现这里都是石头盖的房子，人们还保持着原始的生活习惯。这里有血参、天麻、五灵脂等珍贵药材，都深藏在悬崖峭壁上。我认识了以采药为生的于青发，他和同伴们身系绳索，攀缘在绝壁之上，出没于黄河两岸的大山之中。从1992年至今，我每年都会和于青发他们进一次山。每次下悬崖拍摄时，他们都用碗口粗的绳子绑着我，并且总是他们先下我后下，极力保证我的安全。当时我就是想近距离拍出最真实的相片。一个摄影师想要有好作品，必须有直面生死的勇气。

为学习摄影和新闻写作，我先后读过几个学院的相关专业。1994年，我到河南经济日报社当起了摄影记者。后来，我又到河南法制报社做记者。十年间，我做了四家报社的记者。中国的变革很快，很多社会矛盾开始进入我的镜头，一些祈求正义的人也希望媒体给予他们更多关注，认为媒体是化解社会矛盾的一股力量。

刚开始做记者时，我很有正义感，但是在后来的工作中，我发现自己的力量竟如此渺小。很多次，事实已调查清楚，报道也写出来了，却无法刊登。当老百姓跪在我面前，把我当成他们的救命恩人时，我的内心承受不起。

这时候我才意识到，在中国，有些事情是我这样的摄影记者解决不了的。我开始寻找另一种记录方式。我的拍摄开始转向人文故事，记录常见的百姓生活场景。我希望观者能从这些本真而平凡的图片中，品味普通人的生存状态。有些题材和人，我一直跟拍了十多年。

从1984年有了自己的相机后，我就开始拍老三了。当时没想到以后会得到这么多关注。1989年，有些照片因无处存放，我就烧掉了，现在想想很是后悔。

2008年，老三"招妻"的故事开始在《读库》上发表，随后我收到了刘祥武的信，这个纪实影像专题延续到他身上，也是我没有料到的。老三是个老实巴交、逆来顺受的农民。刘祥武是个社会经验较多、固执地按自己的价值观和正义感生活的人，既愤世嫉俗，又渴望幸福安稳的家庭生活。

我一直希望能帮刘祥武改变现状，甚至答应帮他找老婆，但是很难。2013年12月2日，《西部招妻》完稿后，我又见到了他。不知他今后的路会怎样。我会一直关注老三和他。我想在我死之前，看看这个社会能给他们的生活带来多大的变化。

2001年6月的一天，我在洛阳街头拍摄时，看到几个身背猴子的耍猴人在赶路，就对这群人产生了兴趣，想拍摄他们的生活。我来到河南新野县樊集乡冀湾村，打听耍猴人的事情，村民们却对我这个拿着相机的外来人非常警惕，经常答非所问。直到一年后，我才知道，20世纪80年代初，人贩子经常将一些川、皖等地的女子骗到这里贩卖，村里一些人也买了女人来做媳妇，他们是怕有人来暗访。此外，村里的养猴人常被有关部门以"保护动物"为名查处和罚款。所以，他们对陌生人格外警惕。

经人介绍，我认识了鲍湾村猴场老板张云尧，在他的引荐下，我才得以进入这个江湖耍猴人的群体。我拍耍猴人老杨时，他起初不信任我，直到我和他从襄樊扒火车到成都，然后又扒回来，他才开始跟我说心里话。刚到成都时，下起大雨，老杨他们在高架桥下找了个干的地方，把塑料布打开铺下，我们八个人在此过夜。为了我的安全，老杨他们睡觉时把我夹在中间。我的摄影包和相机装在编织袋里，枕在头下。

一路上，我都是和老杨一起吃饭。扒火车时，本来我有机会到车厢里睡觉，但是没去，留下来和老杨他们睡在敞篷车厢里。在老杨家里的时候，他跟我说晚上别走了，我就跟他们一起睡地铺，老杨觉得很有面子。老杨儿子结婚时，我专程去参加婚礼，送的礼也不薄。现在老杨有什么事都来和我商量。

老杨家里，也有着和老三、刘祥武类似的故事。老杨的媳妇是买来的，18岁时就被卖到这里。四川省公安厅的人曾来当地解救过一批被拐妇女，老杨的媳妇当时抱着半岁的孩子，最后决定留下。

2001年，《现代摄影》杂志的创办人李媚老师到河南来选图片，我打车带了50斤底片给她看。两天后，她告诉我："你拍摄的是《中国国家地理》风格。"没想到，两年后，我进入了中国国家地理杂志社，成为图片编辑和摄影师。

到《中国国家地理》之前，我的摄影作品属于纪实摄影，更倾向于情感表达。《中国国家地理》更多的是人文地理摄影，更偏重于报道发现，但和我的纪实摄影也有很大的关联性。我的镜头开始遍及大江南北，每到一处，我不仅仅是拍风光，更多的是拍摄当地人的生存状态。《中国国家地理》给了我一个更广阔的平台。

中国正处于大变革时期，有拍不完的题材，有许多正在产生、正在消失的事物。有一次，我要拍一个吸毒女，怎么谈都谈不成。当时有朋友给我出主意，说只要拿杜冷丁放在旁边，过一会儿吸毒女就忍不住了，要拍什么都会答应。我说那可不行，那就是诱导人家了。美国有个女摄影师在印度拍妓女，一开始那些妓女骂她，往她身上泼脏水。她还是坚持拍，跪在妓女的对面，妓女们觉得她是平等的。三年后，这个摄影师走的时候，整街的妓女都来给她送行。

2009 年，为拍摄《家当》系列作品，我来到西藏墨脱县，在珞巴族人的村子里拍摄时，小腿被一条狗猛咬了一口，顿时鲜血直流。如果 24 小时内打不上狂犬疫苗，就有生命危险。解放军驻藏某部带着疫苗往墨脱赶，同时这边也叫了一辆车准备送我出去，只有这样，双方才能在有效时间内对接上。没有公路，送疫苗的车只能走石子路进来，这时偏偏又下起了雨，而接我的车也要两小时后才能到。我躺在村卫生室的床上，脑子里突然闪过了死亡的念头。我问自己："我值得为此而死吗？今天会不会是我拍下最后一张照片的日子？"

包扎好伤口后，我离开卫生室，继续拍摄《家当》。村里的干部不解地问："你真不要命了吗？"

当然，最后化险为夷。

我从事摄影已经快 30 年了。在这近 30 年里，我的镜头从来没有说谎。

我希望自己的作品能通过一个很小的视角去表现社会。现在回头看我当年拍摄的作品，就像看到自己孩子的成长过程，这种心情是很微妙的。

虽然摄影创作是艰苦的，但我从未感觉到精神上的疲倦。我喜欢这样的职业生活。谢谢柴静、杨锦麟、张立宪这些朋友的陪伴，还有我的同事们的鼓励。尤其要感谢家人默默的支持。

如果有一天我老了，我想从事摄影教育工作。我还想把我收藏的那些有价值的照片捐献给社会，让更多人了解摄影，了解我们这个社会的发展过程。我感觉这些工作也是很美好的，我会逐一去实现。

马宏杰
2014 年春于北京

目录

寻找耍猴人

四川的猴子被河南人耍了

在中国民间江湖，那些牵着猴子、四海为家的耍猴人多半来自新野。

中国有两个地方以耍猴为生，一个是河南南阳市新野县，一个是安徽亳州市利辛县。利辛县已经没多少耍猴人了，而据新野县的不完全统计，仅 2002 年一年中，至少还有 2000 人外出耍猴卖艺。

新野县就是《三国演义》第四十回里"诸葛亮火烧新野"的所在地。这里位于南阳盆地中心，属汉水流域，古为黄河故道，南邻湖北襄阳，土地贫瘠，即使在风调雨顺的年头也产不了多少粮食。在四川跟拍耍猴人时，我常听围观猴戏的人说："四川的猴子被河南人耍了。"在人们的印象里，峨眉山才是出猴子的地方，新野根本没有猴子生活所需的高山和森林，但这里的不少乡镇有着数百年甚至上千年的耍猴历史，很多人终日与猴相伴，把猴子视为家庭中的特殊成员，而且这种生活状态一直持续至今。

新野耍猴人每年都像候鸟一样南北迁徙。每到 6 月麦收后和 10 月秋收后，大批耍猴人忙完了地里的农活，就开始外出耍猴，卖艺赚钱。冬天，他们牵着猴子去温暖的南方；夏天，他们带着猴子赶往凉爽的北方。这些农村里出来的耍猴艺人在中国各省云游，一些年纪大的耍猴人不仅去过香港，还出国去过越南、缅甸、新加坡等地。

有意思的是，在新野县档案馆保存的康熙五十一年（1712年）和乾隆十九年（1754年）的《新野县志》中，均有关于吴承恩的记载：

> 吴承恩，明嘉（嘉靖）二十三年（1544年）贡生，
> 明嘉三十五至三十六年（1556至1557年）任新野县
> 知县。

1991年，县文化馆的张成立老师在当时的开封师范高等专科学校找到了康乾时期的《新野县志》，后来苏州图书馆也发现了相同的版本。张老师发现《西游记》的文本中使用了大量新野方言，如"弼马温""爱小""不打紧""叉耙扫帚""刺闹""狼牙虎豹""脏埋人"等，有近百处。有些俚语只有在新野的某些村庄里才能听到，如"乱爬碴"（乱蹬乱爬）、"风发"（重感冒）、"骨鲁"（摔跤）、"肉头老儿"（戴了绿帽的人）、"烂板凳"（游手好闲者坐在凳上拉闲话）等。《西游记》第二十八回"花果山群妖聚义，黑松林三藏逢魔"

在河南新野，每到 6 月麦收后和 10 月秋收后，大批耍猴人就开始外出耍猴，卖艺赚钱。

中还有关于耍猴人的描写:"或有那遭网的、遇扣的,夹活儿拿去了,教他跳圈做戏、翻筋斗、竖蜻蜓,当街上筛锣擂鼓,无所不为地顽耍。"

　　在新野县做过知县的这个吴承恩,和《西游记》的作者吴承恩生活在同一年代。前者是安徽桐城人,后者是江苏淮安人,而其祖籍正是桐城。两个吴承恩是否为同一人,《西游记》的写作是否受到过新野耍猴人历史文化的影响,还有待考证。

走近耍猴人

我生于1963年，在那个文化、娱乐都很贫乏的年代，我和小伙伴们常常跟着出现在街头的耍猴人，看他们和猴子的表演。到了20世纪80年代，我还经常在城市里看到这些走街串巷的耍猴人。1998年之后，我就很少看到他们的身影了，感觉这些耍猴人正在逐渐退出城市生活圈，转向边缘地带讨生活。

2001年6月的一天，我在洛阳东站街头拍摄时，意外地看到几个身背猴子的耍猴人在赶路。我骑摩托车追上前一问，他们果然是新野县的。这个班子一共三人，掌班的戈洪兴告诉我，他们刚在家收完麦子，准备扒火车去东北耍猴。河南的6月已经很炎热了，气温有38摄氏度左右，这样的天气猴子是不愿意表演的。每年这个时候，要想耍猴赚钱，他们就只能到凉爽的东北去。

我和戈洪兴约定，等他秋天回新野收庄稼时去找他。戈洪兴说只要到新野县樊集乡冀湾村一问，就可以找到他，村里耍猴的人都知道他。

2002 年 10 月 3 日，我和洛阳的影友张牛儿一起坐火车到新野，而后辗转坐车到了樊集乡。晚上在一家小店住下，我向店主打听樊集乡是不是有很多耍猴人。店主回答说"是"，反问道："你们俩是干吗的？"我们说："是照相的。"我们再问店主其他问题，他就开始闪烁其词，不正面回答了。

第二天，我们找了辆三轮车，一路开到冀湾村。当时正是秋收玉米、种植小麦的时候，用拖拉机耕过的黄土地上弥漫着潮湿的气息。田间地头在焚烧秸秆，烟气混杂着新鲜泥土的味道扑面而来，让人感觉既新鲜又压抑。

在通往沿途村庄的路上，我看到一些房子的外墙上写着很多标语："严厉打击拐卖人口的犯罪行为""远离毒品，远离艾滋病""坚决贯彻计划生育条例""打击违法上访行为""打110 不收费"等。我走过中国的很多村庄，知道只要有什么新的政策、口号，以及当地经常发生、值得引起重视的事，就会有与之相关的标语出现在墙上。这种标语大多能起到警示和预防的作用，也能从某些侧面反映出该地区的政策、民生、经济等情况，是一种中国特色。

寻找耍猴人的过程不像我想象的那么简单。我们俩像往常一样，背着相机进了村，逢人就打听耍猴人戈洪兴的家在哪儿。村里人先把我们俩上上下下打量一番，然后问我们找戈洪兴干吗，我说找他拍猴子，人家顺手一指，有板有眼地说："前面就是。"

我们俩在村里转了一阵,没有找到。村民们都是打量我们一番,然后很客气地说："前面就是。"住在村东的人告诉我们戈洪兴家在村西,住在村西的人却说戈洪兴家在村东。有些人看到我们俩拿着相机,干脆就说不认识戈洪兴。

最后,我们跟一位老人说,我们在洛阳见过戈洪兴,是戈洪兴告诉我们他是这个村里的耍猴人,我们是约好来找他的,要拍摄关于耍猴人生活的照片,我们俩既不是公安局的便衣也不是政府工作人员。在这位老人的指引下,我们终于找到了戈洪兴的家。

我们已经站到戈洪兴家门口了,邻居们还是说不认识戈洪兴这个人。在我们向邻居解释的时候,戈洪兴家出来了一个妇女,看到我们就马上把大门锁上。我上前问:"这是不是戈洪兴的家?"她很不高兴地说:"这里不是戈洪兴的家。"锁上门就走了。

我后来才知道,其实锁门的正是戈洪兴的老婆。

以前我们这些摄影师到村里拍摄时,纯朴的村民都很愿意接待我们,这次搞得我有些丈二和尚摸不着头脑。虽然我反复跟他们解释我们此行的目的,但这些邻居还是用戒备的眼神打量着我们。

后来,一个年轻人告诉我们:"戈洪兴是不会见你们的,因为他不知道你们是干什么的,刚才已经被你们吓跑了,也不知道什么时候回来，你们还是走吧。"这时候我才明白戈洪兴确实是躲起来了。在戈洪兴家门口围着我们问这问那的这群人里，有不少妇女操着外地口音。我由此联想起那些墙上写的"严厉打击拐卖人口的犯罪行为"的标语，才有些明白村里人为什么如此警觉。

我的感觉后来得到了证实。在20世纪80年代初，新野一带的村庄因为贫穷，很多年轻小伙子娶不起媳妇，于是人贩子把一些四川、安徽等地的女子骗到这里贩卖。村里一些穷人便买了这些女子来做媳妇，他们是怕有关部门来暗查非法买卖人口的事。此外，村里的养猴人因为在家里养猴子，也经常被有关部门以"保护动物"的名义进行查处和罚款。因此，他们对来这里的陌生人一直有很强的警惕性。

看来不可能见到戈洪兴了，无奈之中，我们俩打算离开冀湾村。不过我还是有些不死心，张牛儿说："要不咱俩去找村支书，他是领导，不可能不接待我们。"于是我们俩前往村支书家，边走边问，村里人远远地指着一道围墙，说："那就是支书的养猪场。"

他家养了好多猪，闻着臭味就找到了。在养猪场门口，一个正在收拾饲料的妇女打量了我们好一阵，一脸不信任地说："支书不在家，你们要卖什么东西还是去别的村看看吧，我们村里没有钱。"她这么一说，把我们俩弄糊涂了。我说："我们什么也不卖呀！"她一脸疑惑地问："不卖东西，找村支书干吗？"我们俩费了好大的劲给她解释："我们是来拍摄照片的，是拍村里耍猴人生活的题材，就像中央电视台那个《百姓故事》一样。"她又问："那能给我们带来什么好处？能不能让我们富起来？"我真不知道该怎么回答，一下子被她给问噎住了。她接着说："前几天有个女的拿了很多笔记本、钢笔和圆珠笔，还拿着县里领导的条子来找村支书，非让买她的东西，还有一些人拿着衣服、帽子来找村支书卖。你们俩肯定也是来卖什么东西的，是不是卖照相机的？就直说了吧。"我说："我们真不是来卖东西的，你把支书找来一说就明白了。"

她说她要喂猪，等她把猪喂完再给村支书打电话。后来我们才知道她原来是村支书的老婆。

我们俩等了近一个小时，村支书鲍白祥才骑着摩托车回来。他身高差不多有一米八，身板很壮实，有村干部的范儿。冀湾村和鲍湾村相邻，鲍白祥是鲍湾村的老支书，年轻时是一名空降兵。跟他讲明我们的拍摄意图后，我又拿出我当时的河南省摄影家协会的会员证给他看。我留了个心眼，没有给村支书看记者证，那样会让他心存疑虑——作为村干部，他是最怕记者来曝光什么事的。

在我们和鲍支书交谈的过程中，鲍支书的老婆在旁边不时地问："他们是来卖啥东西的？"边说边使眼色，怕他上当受骗。鲍支书对她一挥手，说："去去去，瞎说啥。人家是摄影家协会的，来拍耍猴的，不是记者，也不是卖东西的。"鲍支书这么一说，他老婆这才对我们施以笑脸。

谈完之后，鲍支书骑着摩托车又出去了，一会儿，他带来了鲍湾村猴场的一位老板张云尧，说："这就是村里养猴子的，有什么事情找他就行。"

于是，我们跟着张云尧去了他家。张云尧30多岁，身材比鲍支书还魁梧。他不像村里其他的耍猴人那么怕事，但也很谨慎，跟我们说话时谨慎有礼，还有些江湖气，感觉得出是见过世面的人，有其他人缺少的胆量和气度。

认识张云尧以后，在他的帮助下，我才得以进入江湖耍猴人的群体中，开始拍摄他们的真实生活，并在此后的十多年里，和这些牵着猴子走江湖的人结下了非同一般的感情。

新野耍猴人主要聚集在施庵镇、樊集乡。鲍湾村、冀湾村同属樊集乡沙堰镇，这里是耍猴人最主要的聚集地。沙堰镇距县城13公里，总面积80平方公里，有21个行政村、70个自然村。据村里老人讲，20世纪50年代以前，这里都是很高的沙丘，一个挨着一个，有些比房子还高，能种的地很少。这里虽说是平原地带，但历史上也是白河流域泛滥区，土地多为沙化土壤，沙壤地贫瘠，不适耕种，土地的亩产不过100多斤粮食。也许正是因为如此，这里的人们开始通过耍猴来寻找另一种养家糊口的方法。鲍湾村和冀湾村的耍猴人除了收麦、收秋时回家忙农活，其余时间几乎都在牵着猴子游走江湖。

我最关心村里第一个耍猴人是谁。当我问起村里什么时候开始有猴子时，这些耍猴人没有一个能说清楚，只是记得他们高祖父时就有了。2003年，我到新野县文化馆找张成立老师，他送给我一本《新野文史资料》，上面有这样一段记载：

> 与鲍湾村相邻的沙堰镇李营村，有一个叫李程怀的耍猴人，一家世代以耍猴为生，一家人从其曾祖父开始算起，耍猴的历史可以推算到明代。

张云尧告诉我，在附近村里发现的汉墓中出土了很多汉砖，上面就刻有人和猴子一起嬉戏的场景。

新野县和南阳市各有一个汉画像石博物馆，馆里收藏的几块汉砖上，能在一些杂技场景里看到猴子的身影。据说"百戏源于汉"，新野县出土的汉画砖上，就有人牵狗耍猴的画面。新野博物馆里的三块汉砖上都有杂技表演的画像。平索戏车、斜索戏车中，在砖上倒挂的猴子影像很小，似人似猿，超长的手臂、细长的下肢、灵活的动作、轻飘的身体，全方位诠释着猴的信息。据新野博物馆馆长田平信和文化馆的张成立老师说，那样的动作和难度，人是无法做到的，只有猴子才能完成。这些汉砖上的猴子戏车等杂技画面应该是新野的猴

汉砖上的耍猴人。

艺表演最早的记载。

中国最早有猴戏记载的文献是《庄子·齐物论》:"狙公赋芧,曰:'朝三而暮四。'众狙皆怒。曰:'然则朝四而暮三。'众狙皆悦。名实未亏而喜怒为用,亦因是也。是以圣人和之以是非而休乎天均,是之谓两行。"这里的"狙"指的是猴子,"狙公"为耍猴的人。

据清人富察敦崇的《燕京岁时记·耍猴儿》里记载:"耍猴儿者,木箱之内藏有羽帽乌纱,猴手自启箱,戴而坐之,俨如官之排衙。猴人口唱俚歌,抑扬可听。古称沐猴而冠,殆指此也。"

张华的《博物志》记载:蜀山"有物如猕猴,长七尺",

能像人一样行走。见到路上的妇女，貌美的便"盗"之离去，人不得知，甚至与被盗妇女生子……在张华的笔下，猴子成了盗贼、好色之徒。《博物志》里记载猴子好色的行为倒是有真实的部分，这些都是我亲眼所见的：在跟着杨林贵他们在街头耍猴时，我不止一次见到猴子有"色情行为"，有些年纪大的公猴见到身着漂亮裙子的女孩，会去掀人家的裙子，还会对女性翘起红屁股。这时猴子的主人会打骂猴子，制止它这种猥亵行为。

历史上的诗画有的也与猴有关。宋代有《聚猿图卷》《猿鹭图》等。前者刻画群猴形象，惟妙惟肖；后者画一只长臂猴正在抓一只白鹭，而旁边另一只白鹭神情紧张，绘形传神，姿态生动。

近年来，古代书画名家创作的与猴子有关的绘画作品在艺术市场上不断亮相，其艺术价格在拍卖市场上创造了一个个的新纪录。在2011年6月9日举槌的"九歌春季凝翠轩书画拍卖专场"中，一幅北宋旷世佳作《子母猴图》甚为引人注目，估价1.2亿～1.6亿元，最终以3.15亿元高价落槌，加上佣金，总价高达3.6225亿元，掀起那次拍卖会的高潮。

北宋画家易元吉的传世之作《猴猫图》（现藏于台北"故宫博物院"），也是与猴子有关的一幅价值不菲的画卷。《猴猫图》卷中描绘一只拴在木桩上的猴子同两只小猫嬉闹的情景。猴子看似刚被主人捕捉而来，面对两只欲与其玩耍的小

子母猴挂件。

猫，禁不住好奇心抑或野性大起，伸手抓起一只小猫揣在怀中，惊得小猫咪咪直叫。画面中的另一只小猫则赶紧跳开，但又难舍同伴，遂禁不住回头望之，显现惊惶徘徊状，欲逃不忍，欲救不敢，只能呼唤其伴，陷于两难之境地。猴子的野性未泯、调皮灵性，小猫的天真可爱、惊惧之态，被画家精准地捕获，一一呈现。画法纯用细笔轻色勾勒、梳渲，精细入微，一丝不苟。毛色的鲜润、形象的准确、神态的生动，显示出画家精湛的功力，特别对于猴子善意的恶作剧心理的刻画，更是淋漓尽致。

第一个耍猴人

当问到究竟谁是村里第一个耍猴人时，鲍湾村和冀湾村村民的回答几乎是一样的：只知道从高祖父开始，这里的人就以耍猴为生，没有文字记载这里的耍猴历史。

村里第一个有名有姓的耍猴人，就是张云尧的爷爷、传奇的耍猴人张西怀。曾经和张西怀老人一起搭班子外出耍猴的张书伸告诉我："那时候村里的年轻人，都是跟张西怀老人学的耍猴。"

张西怀生于清光绪三十四年（1908 年），也许是猴年出生的缘故，他十几岁就开始耍猴了。猴子是从哪里来的，已无人知晓。在当时的新野县，男人们一般都游走江湖，卖艺谋生，一来是为了逃避"抓壮丁"，二来是为了赚钱回家娶媳妇、盖房子、养家糊口。

民国时，张西怀曾到过香港和台湾等地区，也到过越南、缅甸、新加坡等国家耍猴，把赚到的外币在香港兑换成"中央票子"，再带回家使用。1945 年日本投降后，张西怀从香港回来，入境时被以"汉奸"的罪名逮捕。在广东即将被枪毙时，张西怀在牢房里用豫剧唱腔唱猴戏里的一段唱词，被一位河南籍上校军官听到，他把张西怀从枪口救下，安排他回到新野老家。从那时起，直到1953年，张西怀都没有再外出耍猴。

1953年开始，因为吃不饱肚子，村里人开始跟着张西怀学猴戏，并利用农闲时外出耍猴。张西怀70岁时还会外出耍猴，并且能给家里带来不错的收入，老人在村里已经成为一个传奇人物。

张西怀老人于1986年去世。张云尧还记得，小时候家里的墙上糊满了国民党的"中央钞票"。国民党政府垮台前，兵荒马乱，耍猴人把赚的钱都埋在地下。那时候信息闭塞，等村里的人知道全国解放时，那些钞票都已成了废纸。张云尧的奶奶把这些钱从地里翻出来，糊到墙上作装饰，还用这些钞票做了个纸盆。直到现在，村里许多耍猴人家里还有国民党时期的"中央钞票"。

1988年，张云尧也开始和村里的耍猴人一起外出谋生，后来也成了一个老江湖。张云尧告诉我：

> 按照江湖规矩，三六九往外走，耍猴人出门前要在家里上香、拜财神，出门后是不能再回来的，即使走不了也要露宿在外面。以前，由于耍猴是一个"下

许多耍猴人家里还保留着一些外国货币，还有国民党时期的"中央钞票"。

等行业"，艺人都是天不亮就出门，出门时不能说不吉利的话，而且出门时不能碰见女人——如果碰见女人，那今天就不能走了，改天再走。如今有些规矩还保留着，有些已经变了。

2002年10月，我第一次进村时，张云尧已经不出去耍猴了，他办了一个猕猴养殖场。他对猴子的习性很熟，驯化猴子很有一套。养殖场里饲养的猴子供给动物园，也供科学实验，收入比走江湖卖艺高得多。

耍猴人多年行走江湖，是一个戒备心很强的群体。我们在张云尧家住了一个星期，便于沟通，也能加深感情，更深入他们的生活。在家里，张云尧的老婆笑着跟我说：

　　1991 年，有人给我介绍张云尧。一看，是个耍猴的，家里又很穷，一开始是看不上眼的。后来我到广东打工，没想到他在广东耍猴，他找到我打工的地方，天天在我们工厂门口耍猴。我的好多老乡都说："你看你对象又在咱厂门口耍猴呢。"我让他走，他就是不走。没办法，我只好回来跟他成亲了。

耍猴人杨林贵

张云尧把杨林贵带到我们面前。他管杨林贵叫二哥。杨林贵瘦小精干，听说我要跟他去扒火车，拍他耍猴，他根本不信，头摇得像拨浪鼓，说："不行，不行，这个罪你可受不了，这个苦不是人受的。你穿得这么体面，怎么可能去跟我们干这个？"那时我也没想到，我不仅会跟拍这个耍猴人，而且一拍就是10年。

当时46岁的杨林贵已有17年走江湖耍猴的经历。17年前，100元可以买只猴；2003年，一只会表演的猴子要卖2000多元。杨林贵清楚地记得，第一次跟着别人外出耍猴时，他不小心让一只猴子挣脱缰绳跑了。这只猴子就是他的饭碗。追猴子的时候，他又不小心把靴子跑掉了，他一个人在雪地里，光着脚上树去抓猴子，在树上、地上穷追猛赶，才终于把猴子给抓回来。这些年他先后去过黑龙江、西藏、内蒙古、海南，还到过越南、缅甸、俄罗斯等国家，也是个老江湖了。

杨林贵说，10年前他们一行三人扒火车去安徽，半路上被一个铁路警察发现了，那个警察问："你们是想继续走，

2003年1月13日，杨林贵和妻子贺群、儿子杨松，还有三只猴子的合影。

还是想被赶下车？"杨林贵一听就明白了，三人在身上找了半天，拿出仅有的10元钱递给那个警察。警察看他们实在是拿不出更多的钱了，就说："算了吧，罚你们10元钱实在不值，你们还是自己留着吧。"

在郑州北站，有一个保安盯上了这些耍猴人，每次他们从这里扒车都会被抓住，每次身上的钱都会被搜刮干净，保安还调侃地说："欢迎再来！"所以，每次在郑州北站扒火车前，他们身上都只留一些买馒头的钱，买好馒头再去扒火车。保安抓到他们，搜不出一分钱，就罚他们干活——打扫办公

2003年1月13日，杨林志（杨林贵的弟弟）和岳母的合影。

室，除院子里的杂草。干上一天的活，等天黑才会放他们走。

1996年，杨林贵的哥哥想去当兵，村里有人举报，说他父亲去香港耍过猴，结果政审没有通过，哥哥没当成兵。

耍猴人张志忠

在张云尧家的第三天下午，我们正在院子里聊天，50多岁的耍猴人张志忠来了。坐下后，他的上衣口袋里露出一只小猴崽。看到我们这些生人的面孔，小猴崽有些胆怯，伸出头四处张望，不肯离开张志忠的口袋。张志忠说，这只小猴崽出生时母猴就死了，他用奶粉把它喂到一岁多，小猴崽每天都和他形影不离，把他当成了亲人。

张志忠十几岁就开始跟着师傅学耍猴，还清楚地记得师傅教的很多规矩：

首先，每天早晨起来后，不许说"豺狼虎豹"四个字，因为对猴子来说这些都是凶物，如果说了这四个字，耍猴人今天就会不吉利。还有一些日常生活中的词语，也必须改说江湖上的行话，如：头发叫"苗须"，鞋子叫"洒落子"，上衣叫"叶子"，裤子叫"脚杆子"，吃饭叫"抿塞"，筷子叫"钎子"，碗叫"叉子"，香烟叫"草条"，白糖叫"憨子"，酒叫"山子"，盐叫"沙子"，猴子叫"跟头子"，老虎叫"巴山子"，钱叫"锤"或"溜子"，锣叫"哄子"，当兵的叫"楞仔"，女人叫"彩儿"，媳妇叫"铲"，姑娘叫"骨朵"，老头叫"老旬"，中年人叫"旬"……每到一处先要问问"地平不平"，意思就是安全不安全。

这些行话让行走江湖的耍猴人能更隐秘地交流，不过如今已经少有人用了，很多40岁以下的耍猴人都未必知道。张志忠还说：

"一根扁担两口箱，猴子驮在肩膀上。"那时候耍猴人被称作"挑子"，一班人就是"一个挑子"。

"挑子"也是有讲究的：箱子分为头箱和二箱，头箱里放置的是猴子的面具、帽子、衣物；二箱里放置的是一些杂物。行走江湖时，头箱必须在前面，换肩膀挑担时也要如此。休息的时候，不能一屁股坐在头箱上——屁股是排污泄秽之地，会使耍猴的收入减少。还有更重要的一点是箱子里有藏钱的机关，不能让人看出来。要是违反了这些禁忌，掌班师傅就会给予严厉的训斥。

张志忠告诉我：

"文化大革命"的时候，我大概 16 岁吧。当时耍猴被定为"四旧"，谁家有猴子就在谁家门上写标语——"猴子是有害无益的，它要和人争吃粮食""猴子对人民无利，要除掉"。

有一天，红卫兵戴着红袖章到有猴子的人家里，逼着主人把猴子打死。没有办法，这家主人拿起榔头打猴子。由于不忍心，第一下没把猴子打死。聪明的猴子也不知道这是怎么回事，倒在地上后又站起来，给主人敬了个礼。主人更难过了，可红卫兵不干，逼着他再打，第二下就把猴子打死了。我当时就在旁边。这样还不算完，还要把家里耍猴的锣、小车、扁担、箱子通通砸碎。

那时候，一些耍猴人不想打死自己的猴子，就把它们藏在红薯窖里。猴子也很聪明，一听到院子里人声喧嚣，就趴在地窖里不吭声。一旦查出家里藏有猴子，红卫兵就会把猴子的面具、帽子、衣服挂在耍猴人的脖子上，拉出去游街示众，还要开批斗会，给耍猴人定罪。

那时候，在施庵、沙堰、樊集等乡镇的十几个村庄里，被红卫兵逼着打死的猴子有上百只。

1970 年至 1976 年间，新野境内只有在遭遇旱灾、水灾、虫灾，地里收不到粮食的情况下，公社才批准要猴人出去要猴赚钱，回来后，要按外出的天数每天交一块钱——交一块钱，要猴人便可以记上 10 个工分，这样才能分到春秋季的粮食——剩下的才是自己的钱。即使这样，要猴也能赚不少钱，最多的时候一天能赚二三十块，而当时一个工人的月工资是 30 到 60 块。相比之下，现在外出要猴的收入已大不如以前了。

1976 年之后，不准外出要猴的规定开始逐渐放松，但需要先到大队交 25 块钱开证明，拿到证明，再到乡文化馆盖章后，才能上路。证明上写着：

> 兹有我大队公社社员 ××× 前往贵地，进行猴戏文化演出，请给予接洽为盼。

"文化大革命"期间，新野的乡村大队还可以给要猴人开前往香港地区和一些东南亚国家的介绍信，那时候中国人的思想是面向世界，口号也是"解放全世界"，外出的要猴人被定性为"文艺工作者"。

张志忠是改革开放初期村里第一个外出要猴的人。1982年 11 月，他和他的"挑子"从新野一路往南，最后到了中缅边境的云南畹町口岸。他们想看看缅甸那边是个什么样子，但大路上有边防武警把守，每进出一个人都要检查。最终，

张志忠是改革开放后村里跑得最远的耍猴人，足迹甚至到了缅甸境内。

他们跟着边境的村民，走小路进入了缅甸。

缅甸是个佛教国家，刚到那边，他们没吃的就去寺院。僧人很慷慨，每次都会给他们食物，如果他们没地方住，还会留他们在寺院过夜。缅甸当时正逢泼水节，来看他们耍猴戏的人很多，但这些看表演的人也很穷，大多只能给些大米，即使给缅币，也不值什么钱。于是，他们就把收来的大米拿到边境换成人民币。

就这样，他们在瑞丽、畹町、木姐、南坎等地耍了半个月猴戏，没赚到多少钱就回去了。

张志忠耍猴的足迹遍布了中国的东西南北，每次出去都扒火车，扒了20年，很有经验，只要一看火车头，就知道车是开往哪里的。最远的一次是去新疆，扒火车用了七天七夜。有时候没有厢式火车，他们就扒油罐车。油罐车只有两节车厢的接头处可以坐人，为了防止睡着后掉下去被火车轧死，他们就用绳子把自己绑在火车栏杆上。

十多年前，张志忠在新疆耍猴时，一个当地人告诉他，在巴基斯坦也有一个新野耍猴人，1949年前去了那里，后来安家落户，现在已经是资产很多的商人了。后来张志忠在贵州遵义耍猴时，又有一个当兵的告诉他，在巴基斯坦见过一个新野耍猴人，耍猴人说自己是新中国成立前过去的。这个在巴基斯坦闯江湖的耍猴人究竟是谁，一直没人知道，这也成为张志忠想解开的一个谜。

我们一直聊到傍晚，张志忠准备回家了，这时小猴崽已经和我们耍熟了，愿意让我们抱抱，但一看到张志忠起身，马上又爬回他身上。我说："你把猴子放在地上，你自己假装跑，看它会是什么样。"张志忠把小猴放在地上，起身就跑，小猴子便在后面追。猴子在平地上根本跑不快，难怪耍猴人都把猴子叫"一里猴"，意思是猴子只要离开森林，在平地上跑不出一里地就会被抓住。小猴子眼看追不上张志忠，索性趴在地上，撅起屁股，脸朝下呜呜叫起来，声音很像小孩的哭声。张志忠心疼地走回来，把小猴抱在怀里。小猴子爬回张志忠身上后，一个劲往他怀里钻，还哼哼唧唧地撒着娇，样子可爱得就像一个婴儿。

扒火车的血与泪

农历初三、初六、初九是耍猴人离家外出的黄道吉日，最多的一天会有数百人同时外出。他们大都乘车到离家最近的湖北襄阳列车编组站，在那里扒火车走南闯北，这也是铁路部门最头疼的时候。按照铁路部门规定，他们不能违章扒乘货物列车，然而这些走江湖的耍猴人哪有钱坐旅客列车，再说也不可能让他们带着猴子上车。于是，他们和铁路警察玩起了捉迷藏，一般都是等到天黑以后，再陆续扒上各自的列车，奔向东西南北。

襄阳编组站是一个南到广州、西去成都、北上满洲里的大型铁路货运编组站。耍猴人通常冬天到温暖的广东、四川、广西，甚至过境到缅甸去耍猴卖艺，夏季便到相对凉爽的东北、内蒙古、西藏去闯江湖。他们常常要在裸露的列车车厢里经受数天的煎熬，除了忍饥挨饿，冬天还要忍受零下十几摄氏度的严寒，夏天则要忍受四五十摄氏度的高温。路途长的时候要走上七天七夜，短的也要三天三夜。坐在车厢里，渴了就喝自来水，饿了就啃一个家里带来的馒头。人吃什么，猴子就吃什么。

为了躲避中途清车的铁路警察，列车每到一站或临时停车时，他们就躲在车厢里不敢作声。如果被抓住，不是罚款就是被赶下车。要是被赶下车，他们就得重新和警察周旋，寻找机会再次扒车。有时候，一直周旋到下半夜才有机会再次扒上火车。有的耍猴人为此被飞驰的列车轧死，付出了生命的代价；有些人则因为跳车躲避警察而摔断了胳膊腿，留下终身残疾。

这些耍猴人是怎样扒火车的？是像电影《铁道游击队》里那样，守在铁路旁，等火车开过来时飞身上去吗？猴子又是怎么扒上火车的？

张云尧给我讲了几个真实的故事，还把故事里的人叫到了我的面前：

1995 年 9 月，我们住在杭州艮山门火车站附近，白天进市区耍猴卖艺，晚上回到铁路边废弃的房子里居住。

9 月 20 日一早，我们和往常一样越过铁路，准备去市区耍猴。28 岁的张俊行走在最后，我们都在铁路另一边等他。没想到，张俊行急着追赶我们，过铁路时没注意，突然被一辆从南向北行驶、车速很快的列车撞倒。列车停下来后，我们在 12 号车厢下找到了被轧成两截的张俊行。我脱下衣服把他包出来，那个惨状无法形容。

出事之后，我们找到当地的南阳老乡李××，李××当时在杭州市政府担任领导职务，他委托秘书来协调。最终的处理结果是：事故责任都归死者，铁路部门没有任何责任，只从道义上给800元安葬费（最后给了1200元）。当时西湖区古荡镇的镇长沈国胜个人捐助了4000元，周边的群众看到我们的惨状也纷纷帮忙，捐了7000多元善款，并给了一些衣物和食品，有个城管还捐助了200元。我们把张俊行火化后带回家，一行人跪在张俊行的父亲面前发誓，会给老人当儿子，照顾好老人的生活。我们把这次耍猴赚来的钱全部给了老人家。出了这样的意外，张俊行那善良的老父亲竟然没有说过一句埋怨的话。

1999年，张新在江苏无锡耍猴卖艺时被收容站收容，并被遣送回家。列车经过苏州火车站时，他从即将进站的列车上跳车逃跑。由于心情紧张，时机把握不对，他正好跳在铁路旁的一个信号机上，一条小腿一下子被信号机前凸出的铁帽檐削掉了，当时就昏死在铁路边，最后被铁路工人发现并送到了医院。那一年他才26岁。之后有一段时间，他以收购废品为生。（2012年，拖着假肢的张新还在继续着耍猴卖艺、行走江湖的生活。）

2000年7月，45岁的冀太勤一行人从北京扒车前往哈尔滨。列车行驶到沈阳苏家屯编组站时突然紧急停车，巨大的惯性让冀太勤在车厢里受到猛烈的挤压，一条腿被挤断了，车厢里的三只猴子也当场被挤死。听到他的喊叫声，铁路工人跑过来，用吊车才把他救出来。铁路部门虽然担负了他的医疗费用，但他落下的终身残疾是无法弥补的。

不少耍猴人都有过这样危险的经历。2004年，铁路部门出台了严厉的治安措施，并有权拘留这些扒车的耍猴人，这种冒着生命危险的扒车行为才变少了。

看着腿上夹着钢板的冀太勤，看着拄着拐杖的张新，我不知道该说些什么。他们本想通过耍猴这门简单的手艺摆脱贫穷，却付出了身体残疾的代价，不得不又回到贫穷里，而且生活更加艰难。

在村里住的这一个星期，张云尧先后带我认识了杨林贵、张志忠、冀太勤、黄爱青等耍猴人，他们每个人行走江湖的经历都吸引着我。

我决定不管怎么危险，也要跟着他们扒火车走上一遭，看看他们一路带着猴子闯江湖的生活是怎样的。

杨林贵带着猴子去赶集。村里的耍猴人走门串户时经常带着自家的猴子。

耍猴人江湖行

杨林贵的家

大多数耍猴人一听说我要和他们一起扒火车,都不愿意。他们都不相信我能吃这个苦,同时也担心路上带着我会增加麻烦。离开鲍湾村之前,我终于在张云尧家说服了杨林贵,让他月底出发去成都耍猴时带上我。我跟杨林贵说:"带上我,肯定能帮到你的。"临走时,我再三嘱咐杨林贵,准备出发时一定要提前打电话给我。

10月中旬,我开始为这次出行做一些必要的准备。这时候,原打算陪我一道去的同伴却反悔了,说不能冒险去扒火车。我知道扒火车的危险:上小学时,我家所在的洛阳玻璃厂后面就是洛阳列车编组站,我和几个小孩去编组站扒过车,那时候铁路工人看到我们也不管。有一次,我的一个小伙伴差点从车上掉下来,如果真掉下来,不死也得残废。从那以后,我们就再也不去编组站扒车了。这次去扒火车,想起来都觉得危险。这种冒险的事情,我也根本不可能强求别人来陪我,只好硬着头皮自己上了。

其实,我心里也有些犹豫:谁知道扒火车一路上会遇到什么情况呢？我当时在给《焦点》杂志做稿子，身上有他们给我的一个记者证，我还找到《中原铁道报》的好朋友铁柱，让他帮着开了张铁路上的介绍信，又通过省公安厅的朋友，与四川省公安厅的朋友取得了联系，心里这才有了些底。为防万一，给老婆和儿子一个交代，我在保险公司给自己买了些人身保险。后来我才知道，扒车本身就是违反保险条例的，真要出了事，保险公司根本不会赔付。我做的事情，江湖上称为"扒荒车"。

2002年10月23日，杨林贵打来电话，说他的班子准备在27日出发。我又联系了几个摄影的朋友，希望有个同伴和我一起冒险，但到最后一刻，也没有一个人愿意和我一起去冒生命危险。看来，这次我只好孤身一人了。

26日，我从洛阳坐火车到达南阳，再换乘汽车，一路上怀着忐忑不安的心情赶到鲍湾村和杨林贵见面。我还是住在张云尧家里。那天天色阴沉，虽然是10月份，天气却异常寒冷，还飘着小雪。杨林贵决定推迟几天出发，看看天气再走。他说要是在火车上遇到这样的天气，雨雪交加，会把人冻坏的。

29日，有人来跟杨林贵商量，要转让给他两亩地。当时杨林贵家只有五亩地，想多种地、多收粮食，就要租种别人的土地。价格商量好后，杨林贵开着家里的拖拉机，把这

河南新野县樊集乡鲍湾村，杨林贵父子在耕地，猴场老板张云尧也来帮忙。

两亩地耕完之后，种上了小麦。

我是第一次到杨林贵家。他家有个方形的院子，对着村里道路的外墙贴着瓷砖，用村里人的话说，门脸看着很是光鲜。进门后左首是厨房，右首是拴着三只猴子的房间，堂屋里正对着门的墙上是一个三扇屏的大镜子，上面是毛主席的大幅画像。毛泽东在中国农民眼里一直都是被神化、被爱戴的人物，领袖的形象和地位很难在他们这代人的心里根除或者弱化。

屋里除了一台电视机和一台冰箱，几乎没有值钱的东西。沙发已经破了，床看上去凹凸不平，用十几根木棍在床架上拼出床板，然后铺上一张苇席和一床薄薄的褥子，杨林贵和老婆就在这张床上睡了十多年。屋子后面的两层楼，堆的都是粮食和杂物。站在院子外面远远看去，杨林贵家还很入眼，符合社会主义新农村的形象。当时修建这栋房子花了5万多，用的大多是杨林贵耍猴赚来的钱。杨林贵告诉我，在没有耍猴之前，他们家只有一间土墙瓦顶的破房子，家里的床只有三条腿，另外一条腿是用砖头垫起来的。

杨林贵家最值钱的就是一台四轮拖拉机，这也是杨林贵用耍猴赚的钱买的。

准备扒火车

我在村里一等就是三天，这种等待只会让我更加紧张，更加矛盾。但是，我确定自己一定会有所收获，这种期待可以说在刺激着我。等到29日，天气还是一样阴郁，杨林贵他们决定不再等天气好转，第二天不管是什么天气都要出发。

2002年10月30日，天气看起来稍好了一些。杨林贵和班子里几个耍猴人商量后，决定下午一点走。这次外出耍猴，和杨林贵搭班子的人有他的儿子杨松、弟弟杨林志、侄子杨海成，以及同村的耍猴人戈群友，还有一个负责做饭、看家的朱思旺。杨林贵是掌班人。杨林贵的儿子杨松今年18岁，他13岁就开始跟父亲外出耍猴。耍猴人外出搭班也是很有讲究的，杨林贵他们这班人马以杨姓家族为主，戈群友是和杨林贵有一定江湖交情的，只有朱思旺是个新手，没有耍过猴子，他的任务主要是打理杂务和做饭。

上午，杨林贵去乡政府办好了六张饲养证，每张收费260元。这种乡政府开具的猕猴饲养证只能证明他们这些耍猴人的猴子是自己饲养的，这在严格意义上是不符合《野生

2003 年 2 月，耍猴人杨海成和儿子合影。　2003 年 2 月，耍猴人戈群友和妻子合影。

新野县野生动植物管理所开具的猕猴饲养证。

动物保护法》的，还应开具野生动物运输的许可证，以及由省级以上的林业部门颁发的证明，才合乎法律。

在搭班上，带猴子也是有讲究的：杨林贵带着他自己饲养的一只母猴和一只小猴，再搭上弟弟杨林志的一只公猴，这样便组成了一个猴子家庭。在一个搭班的猴子家庭组合里，不能有两只年龄接近的公猴在一起，否则它们就会为决出胜负而打得不可开交。每次外出，基本上都要这样进行搭配。如果没有母猴，公猴也不卖力气表演。此外，还要有一只年纪小一些的猴子和一只搭配表演的小狗。这次杨林贵是两班人马合在一起，一共有六只猴子。

耍猴人在一起搭班很讲究规则：

一是要看搭班人的猴子。猴子不能老也不能小，老了要不动，小了还没有驯化出来。此外，还要看猴子的"活儿"好不好，"活儿"好不好有几个判断依据，如猴子的身段、聪明程度、会的"活儿"多不多（表演的花样多不多）等。耍猴人有一个说法："公耍小，母耍老。"一般来说，7岁左右是猴子最好的表演年龄。对跟自己搭班的耍猴人和猴子，做掌班的在搭班前都要去对方家里摸摸底，让猴子在自己面前"练练手"，考察一下猴子的"活儿"好不好，以及禀性是否泼皮凶猛，是否适合搭班。另外，对猴子来说，搭班的原则是一只大一些的公猴、一只年龄小于公猴的母猴、一只三岁左右的小猴。只有这样的组合才能进行表演。如果是三

2002 年 10 月 30 日，杨林贵在自家地里训练猴子。

只公猴就会经常打成一团，都是母猴的话它们就会懒散怠工。

二是看人。搭班的人是不是自己一个家族的亲戚，这在过去是很重要的，现在已经不是那么重要了。但是在这个班子里起码要有自己的本亲，这样掌班的才好说话，不至于班子里的人不听话。

三是搭班的职责不一样，酬劳也不一样。"掌班"负责全局，"把式"负责耍猴，"溜子"负责收钱，"看挑"负责在家做饭。"掌班"和"把式"一般拿大份额分红，"溜子"拿中间份额，"看挑"拿得最少，这些在出发前都要说好。

在20世纪七八十年代，村里的耍猴人外出时都带着一只羊，和猴子一起表演走独木桥。现在，羊太大不好带，就改成带一只小狗了。

通过这段时间和村里耍猴人的接触，我感觉到猴子跟其主人有很大的相似之处，什么样的耍猴人驯化出什么样的猴子。杨林贵的弟弟杨林志没文化，说话蛮粗莽撞，他养的那只20多斤的大猴子几乎和他的脾性一样，看到谁都瞪眼。由于在家种地这段时间不怎么活动，这只公猴子养得膘肥体壮，甚是好斗。杨林志训斥它，它就瞪着它的主人，还时不时准备扑上去咬杨林志。有一次它突然跳过去咬了杨林志一口，杨林志恼怒至极，把它摁在地上揍了一顿。它还不服气，又扑上来撕扯，杨林志索性用绳索把它绑起来，用绳子抽了几下，边抽边瞪着眼问它服不服，不服就接着揍。最后，这只大猴子终于点头认输，杨林志给它松绑后，把自己的脸凑在猴子的脸上，瞪着它说话，猴子低着头，再也不敢咬了。

中午吃完饭，在出门前，按照祖上传下来的规矩，杨林贵在家里的财神像前敬上三炷香，祈求神仙保佑他们一路顺利、人猴平安。临出门时，杨林贵的妻子贺群一再嘱咐：到成都后，农历十月要去给她父亲上坟。贺群老家在四川大邑县。

杨林贵的妻子怎么是个四川人？其实在我心里已经有一个不太确定的答案，只是那时候和他们的关系还没有那么深，也就不便直接询问。

30 日这天是农历九月二十五。按照艺人们的说法，"三六九往外走"，这天虽说不是"三六九"，但只要不是"七八"也能走，也是个出门吉利的日子。中午，贺群还专门包了饺子，在中原有"出门的饺子，接风的面"一说，图个吉利。

这一天，村里还有十几个耍猴人和我们一起出门。鲍湾村、冀湾村这两个村子以耍猴为生的人很多，加上施庵镇、沙堰镇等地，保守估计也有 2000 人。在中国很多地方都存在着这种群体传承的生活方式，有做砖瓦的村庄、做木工活的村庄、做建筑的村庄、做棺材的村庄，甚至还有做乞丐的村庄等。一般来说，群体传承的生存方式，其技术含量都不高，要学都不难，跟着师傅很快就能学会。村里不会耍猴的人想学耍猴，只要花钱买只猴子，请个师傅跟着行走几次就

2002 年 10 月 30 日，我跟着杨林贵他们开始外出耍猴。上车时猴子们都待在编织袋里，一路上听话地不动也不叫。

能学会，久而久之这一带很多人都会耍猴了，"耍猴村"便由此形成。

下午一点多，一辆破旧的中巴车来到杨林贵的家门口，这是杨林贵和司机约好的。因为这一天村里外出的耍猴人很多，他们就合伙租了这辆乡村公交车，每人出两块钱，一起到新野县汽车站换乘长途汽车。

耍猴人一般不会相互问对方去哪里，如果恰巧去同一个地方，这在行话上叫"碰挑"。每一个班子的耍猴人都想单独去一个没有其他耍猴人的地方，那样的活儿才是"鲜活儿"。要是在一个地方"碰挑"了，也不碍事，一般来说，只要看到对方的耍猴技艺，就能明白自己的水平，识趣者自然就离开了。

下午两点左右，在新野县汽车站，我们坐上了开往湖北襄阳的长途汽车。乘车时，杨林贵他们打开三个编织袋，猴子们一个个顺从地钻了进去。杨林贵说，这是为了防止猴子乘车时咬伤、抓伤其他乘客。猴子跟随主人多年，很明白主人的意思，也习惯了这样的乘车方式，待在编织袋里，一路上不动也不叫。

下午四点左右，我们到了襄阳列车编组站附近。在一座铁路桥下，耍猴人都下了车。我们顺着高高的路基坡爬上了铁路，十几个耍猴人沿着铁路往编组站走，由于当时天色还亮，进站扒火车容易被警察发现，大家就坐在站外休息。杨

在襄阳列车编组站，等候扒车的耍猴人。

扒火车是违章行为，要等到天黑以后，耍猴人才会陆续扒上火车。

林贵让朱思旺去把可盛十公斤的塑料桶灌满自来水。朱思旺跑到铁路路基下的村子里，找到一个水龙头，把塑料桶灌满自来水。杨林贵说："这桶自来水，加上家里蒸好带来的几十个馒头，就是我们往后几天在火车上的口粮。"啃干馍，喝凉水，这就是我和他们在火车上的生活。

2000年，也是这个季节，也是在这个地方，鲍湾村有个叫艾陆军的耍猴人准备扒火车去云南赶火把节。当时也是天色太亮，大家都在编组站的野地里躲着休息，艾陆军自己跑进编组站看车去了。回来时经过一片芝麻地，突然感觉小腿被什么东西扎了一下，当时没在意，等和站外的其他耍猴人会合后，坐下来抽烟时，发现小腿肿得要命，这时他才意识到可能被毒蛇咬了。大家赶紧送他去医院，幸好在编组站附近有人告诉他们，旁边村里有一个专门治疗蛇伤的医生，于是大家赶忙把他送过去。医生先把伤口切开，里面冒出紫黑色的血，接着用火罐拔毒血，最后再把他的脚包起来，放在装有一些中药的盆子里，用火熏。这种土办法还真把他的命给保下来了。在家治疗休息了一个月，那一年他都没办法出去耍猴赚钱了。

扒上火车去成都

下午五点五十分，天色渐暗。我看着一列列开往编组站的火车，心想：他们怎么会知道这些车开到什么地方呢？杨林贵他们不时地盯着编组站内的火车看，当一台电力机车滑入编组轨道时，杨林贵说："这台车应该是往西的，走，到跟前看看，是了就赶紧上！"于是，我们一帮人快步朝编组站的列车奔去。

走到车头前，我说："杨林贵，你可别上错车啊。"我当时真想不明白他们是怎么辨别火车开往哪里的，心里一直很担心。杨林贵走到车头前，看了看车头上的编号，对我说："我们上这个。"他对要前往广州方向的几个耍猴人说："你们上旁边那个车，那个是开往广州的。"

因为怕铁路警察看到我们，大家都在慌乱之中上了火车，有着丰富扒火车经验的耍猴人上车比一般人都利索。朱思旺上车之后站在车厢顶上，他头顶上就是电力机车的高压线。我赶紧喊："蹲下来，上面有高压线，危险！"铁路上的电力机车用的是2.7万伏的高压线，在一米的距离内能将人吸上

耍猴人经常顶着 2.7 万伏的高压线扒车，耍猴人扒火车造成的伤亡事故时有发生。

去，人被击中的话瞬间就会化为灰烬。

等我心慌意乱地最后一个爬进车厢，往里面一看，这节车厢里装的是一些大型机器的零部件，十几米长的车厢里堆满了大型木箱子，只有车厢的一头和一些铁架子上可以坐人。由于担心列车将要启动，我和杨林贵他们顾不上危险，赶紧躲在车厢的犄角旮旯里，不敢大声说话。第一次干这事，我的心怦怦直跳。

这时天已经黑下来，大概是因为我在上车时用闪光灯拍照，引起了车下一名车检人员的注意，他开始喊："车上的人是干什么的？"连问了好几声后，杨林贵应了一声："耍猴的。"车检员喊道："坐好啦！不要乱动车上的东西！"

看来不是警察，我们才稍微放心了些，就这样大气不敢喘地等了近20分钟，哐当当当……列车终于在一连串巨大的金属撞击声中开动了。这时，我和杨林贵他们才敢从车厢探出头来，向坐在对面车厢里的几个耍猴人挥挥手："我们先走啦！"

杨林贵说："要是被警察抓住，就得和警察兜圈子，有时要等到后半夜才能上车，这次还算顺利。"

以往我外出拍摄，大多坐的是带卧铺的旅客列车，坐这样拉货的列车，是平生第一次。列车越开越快，狂风大作，刮起来的风有七八级。我穿着厚厚的羽绒服，戴着皮手套，倒也没有感觉到冷，我想大概是新鲜、刺激、激动的缘故吧。

车厢里堆满了大型木箱子，只有车厢的一头和一些铁架子上可以坐人。

我们扒的这种车是"敞车",车长 13 米,宽 2.8 米,车厢内高 2 米。由于是载重列车,开动时轮子和铁轨发出吱吱吱的摩擦声,两节车厢连接处的撞击声、摩擦声也尖厉刺耳。我们坐在车厢里左右摇晃的金属架子上,车前进时,感觉金属架子随时都有倾倒的危险。

杨林贵倒是挺镇静,安慰我说:"没事,我们常坐这样的车,一会儿到前面的六里坪站,我们再到后面看看能不能找一个能睡觉的平车厢。"按照铁路的规定,货物列车要随时给旅客列车让道,所以货车走走停停,没有严格的行车时间限制,有时一停就是一两个小时。

夜里十二点左右,列车到达第一站——湖北十堰丹江口六里坪车站。列车要在这里换下一区间段的机车头,停车时间不固定。我们扒的这节车厢里装的全是机器零部件,没有能平躺着睡觉的地方。停车后,我们一行人打好铺盖,摸黑下了车,一直走到列车的最后面,也没有找到一个合适的高边车厢。原来这列火车整列编组都是封闭车厢,就这么一节车厢是敞开的。

没办法,我们只好又回到原来那节车厢。谁知刚上车,就被一个铁路职工看见了,他向车上大声叫喊:"车上的人都给我下来!"吓得杨林贵他们和我都不敢吭声。车下的人一看我们不吭声,便捡起轨道边的枕石往车里砸。坚硬的石头打在金属车厢上,发出当当的声音,黑灯瞎火的夜里看不到他从哪里扔石头，也不知道该往哪儿躲，被砸到肯定要头破血流。

我看这样躲下去也不是个办法，只好小心翼翼地探出头来，向下面的人喊道："你不要扔石头了，我是跟踪采访的记者，有什么事，你过来可以商量。""记者？"那人迟疑了一下。又过了一会儿，一个穿着铁路制服的人从车厢头那边过来，我只好把我的有关证件拿出来给他看，并跟他解释我为什么跟拍这些耍猴人。

最后，对方很不理解地说："你一个记者，怎么和这些社会盲流混在一起，实在想不通他们这些人有什么可采访的！"在我的一再解释下，他还是一副莫名其妙的样子，嘟囔着下了车，总算是放了我们一马，我长出了一口气。

他走后，杨林贵告诉我："今天要不是你，我们就得被他砸个头破血流，还得被赶下车。"这时，我心里也挺不是滋味的，耍猴人行走江湖，居然要如此忍气吞声。他们这样年复一年行走江湖、卖艺赚钱，从河南新野到1000多公里外的四川耍猴卖艺，这样冒着生命危险扒火车，不过是为了省几个辛苦钱，归根结底还是为了活着。我不也是为了活着吗？只是活着的方式不同而已。

接下来会遇到什么事情呢？我真的无法预测，但愿我们都平安无事。

下半夜两点多钟，我在迷迷糊糊中感觉到列车晃动了一下——这组列车换上陕西路段的机车头，重新出发了。

开车后，我才把上车时心里的疑问告诉了杨林贵："你怎么知道这趟车要去四川？"杨林贵说："这列车头的机身上标有'郑局六段'的字样，也就是说，这辆车是从襄阳开往六里坪的；等咱们到六里坪，再扒车时，看到车头上标有'郑局安段'字样，就可以上去坐到安康；到安康后看到标有'郑局广段'的车头，就再上去，可以到四川广元；在广元坐上标有'成局成段'的机车，就可以到达成都了。这是我们每次扒车时总结出的经验。这次我们顺利的话，一路上也得换扒四次火车才能到达成都。"

车开出后不到两个小时，就下起了小雨。这是最叫耍猴人害怕的天气，一下雨车厢里就到处是水，没办法睡觉。杨林贵拿出准备好的塑料布顶在大家头上。这一夜，我们就是这样顶着塑料布熬过来的。我心想，这雨要是下个不停，那我们可要一路忍受风雨交加了。

10月31日，天刚蒙蒙亮，列车在一个叫黄草沟的隧道前停下来。这时雨越下越大，连拴在车厢角的猴子也躲在塑料布下面。

从这里开始，列车要在湖北和陕西境内的大山中运行，然后进入四川。后来，我在乘坐T5次列车时，车长李波告诉我，这条襄渝线列车要穿行480多个山洞才能行驶到四川。

飞驰的列车在山洞里穿行时会产生倒抽风。我们坐在空

从襄樊到成都途中，列车要穿过 480 多个山洞。

旷的车厢里，为了躲避寒冷和雨水，便窝在塑料布下的被子里，但是火车过山洞时产生的倒抽风把被窝和身上的热气一下子抽得干干净净，让人感到异常寒冷。

这节车厢拉的是一些机器零部件，我们坐在一根根金属钢管焊成的凹凸不平的排管上，想躺一会儿，却被硌得无法入睡。面前的一排钢管架上，摆放着一个装着机器的大木箱，由于摆放不平，木箱随着列车的运行左右摇摆，随时有翻倒的可能。

雨在天亮后终于停了。就这样，列车一路走走停停，终于到了陕西的安康编组站，这时已是中午十二点了。

安康编组站是襄渝线上一个比较大的编组站，到站的货物列车大都要在这里重新进行编组。杨林贵他们不敢下车，怕被铁路警察抓住，便躲在车厢里不敢露头。我因为要给手机充电，就大胆地下车，到编组站旁的工作室找电源，工作室里一位陕西口音的大姐很热心地帮了我，还告诉我，这趟车不需要再次编组，可以直接到达，但是要到下午五点以后才能出发。我把这个消息告诉杨林贵他们。他们认为，白天换扒别的火车很容易被抓住，还是待在车上安全。以往他们每年到安康都会被车站上的保安逮住，轻则罚款，重则挨打，年年如此，他们都怕了，今年没被逮住已是万幸。

饿了一夜，我们只啃了几块干馒头。原本打算在安康换车时去外面自己做饭吃，但因为怕被发现，不敢生火做饭，

每次过山洞时产生的倒抽风，都会把被窝和身上的热气抽得干干净净，让人感到异常寒冷。

这是杨林贵他们第 20 次过安康车站。以前年年都会被抓住,今年是第一次安然无事。

白天又走不了。好心的大姐告诉我铁路旁有一个小饭铺。

在饿了近20个小时之后，我总算吃上了一顿热腾腾的陕西饸饹面。虽说知道列车下午五点以后才开，可吃饭时还是很紧张，一边吃，一边看着火车，怕车会突然开动，连吞带咽地吃完后，我给杨林贵他们买了些吃的和啤酒。我自己吃了面条，可他们还在啃干馒头，心里很是过意不去。

杨林贵告诉我："跟我扒火车的班子，是不允许拿车上任何东西的。有时候在车上看到电视机、冰箱以及整箱的香烟，我们都绝对不拿。而且我还给自己定了一个原则：不准乞讨。我靠耍猴赚钱，不给任何人下跪，这是我的江湖规矩。"

等到下午六点多，列车终于开动了，我们也终于可以探出头去看看车外的景色了。这是杨林贵他们行走江湖的第17个年头，第20次过安康车站。以前年年都会被抓住，今年是第一次安然无事。

杨林贵问我："我们这次没有被抓，是不是你提前安排的？"我说："不是。"杨林贵看上去不相信。在他看来，记者神通广大。最后，杨林贵对我说："有你跟着我们，倒是少了很多麻烦。"其实，我只是希望我的跟踪最好不要给他们带来什么麻烦，能帮他们也只是尽了一点做朋友的义务，这可能对我的拍摄也有很大的帮助。从安康开始，我明显感觉到这些耍猴人开始信任我了。

终于到了成都

列车一夜在山洞里不停穿行，11月1日上午九点半，列车进入四川广元车站。杨林贵说："在这里下车吧，找个地方做饭，大伙儿两天两夜没吃饭，光啃些干馍会受不了的。等吃完饭，再扒车到成都。"于是，饿了两天的耍猴人收拾起被褥，准备下车。

进站时我们都藏在车厢里，不让车站的民警发现。列车停稳后，杨林贵的儿子杨松探出头来看站上有没有保安，不料马上就被发现了。一个20多岁的保安赶过来，大声吆喝："下来，统统到公安室去！"

杨林贵他们几个这时候都不急着下车了，都在等着我先下。看这阵势，只有我先下车了。保安一看人多，就大声用对讲机叫他的同事们过来帮忙抓人。我一看势头有些不对，就赶紧亮出了自己的身份和铁路部门给我开的介绍信。杨林贵他们倒是很精明，看到我和保安交涉，就赶紧拉着猴子往车站外跑。等我和保安交涉完，他们都快跑出编组站了，把我一个人扔在这里。他们知道保安不会把我一个记者怎么样。

2002年11月1日，在四川广元车站，我和保安交涉时，杨林贵他们赶紧拉着猴子往车站外跑。

广元编组站后面有一些低矮的平房，杨林贵他们就在这里埋锅做饭。

最后，过来了一个民警，看完我的证件和介绍信后，嘱咐我一定要注意生命安全。

广元编组站后面是一些低矮的平房，和站内的铁路没有隔开，杨林贵他们就在这里埋锅做饭。因为牵着猴子，附近的居民也被吸引过来了。做饭时用来支锅的砖头是向附近民房的主人借来的，有人拾来柴草烧火，杨海成拿着锅去附近的居民家接了一些自来水。杨松和杨林志两人到附近的菜市场买来一些挂面和青菜，看来今天这顿饭就是清汤挂面了。

他们这架势吸引了不少好奇的人，有个带着孩子的人还借此教育起自己的孩子来，说："娃崽儿，你看看，你要是不好好学习，将来就要和他们一样耍猴子跑江湖啰！"

做饭时，刚才在车站检查我们的两名保安也过来站在一旁看，我主动和他们聊起来。保安告诉我，广元车站有一帮地痞流氓，在这一带很是猖狂，当地政府管理机构都不敢惹。保安希望我能在这里采访一下，给这些有黑社会性质的帮派曝曝光，让公安机关来治治，整顿一下广元车站的治安秩序。

我心里是真想帮帮他们，可这是在外地，我就是想帮也心有余而力不足。我答应他们，回来时有机会一定来他们这里"暗访"一下，两个保安给我留下了电话号码。后来，我在和四川的媒体朋友谈起此事时，他们告诉我，那些"黑帮"有着说不清的后台，他们这些本地记者也不轻易去惹这样的麻烦。

在这一路的跟踪采访中，我看得出，不管是警察、保安还是当地的铁路工人，大多正义、善良、宽容且有责任心。杨林贵自己也经常说："我走了近20年江湖，遇到的好人总是比坏人多。"

吃饭时，杨林贵他们先把煮好的面条给猴子吃。猴子吃起面条来也是津津有味。杨林贵说："从小它们就和我们吃的一样，除了不吃肉，其他东西只要是人吃的它都吃，很好养。"

饿的时候吃什么都是香的。杨林贵在给我盛面时，拿出专门从家里带来的一瓶小磨香油，往我碗里倒上几滴，一股香味马上弥漫开来。"这总比啃干馍好吧。"杨林贵笑着说，皱巴巴的脸上是很满足的表情。

吃完午饭已经十二点多了，杨林贵他们把火灭掉，又把借来的砖头给房主放到原处。其实这几块砖头就是在一家居民的菜地埂上搬过来的，这些常年游走江湖的人很谨慎小心，避免在外惹是生非，有很强的自我约束心态。

收拾完行李，我们又回到编组站，准备再次扒车前往成都。

由于广元车站保安看得紧，编组站里发出的两趟列车我们都没扒上。如果我们去站外扒那些开动后的列车，会更加危险。这些耍猴人已经有亲友惨死在车轮下，所以最好还是不要去冒这个风险。我只好出面去和刚才的那两个保安套近乎，希望他们能睁一只眼闭一只眼，放我们上车。在另一辆机车驶入编组站时，两个保安都向列车的后面走去，我和杨林贵他们趁机扒上这辆开往成都的列车。

列车开动后，我向远处的保安挥了挥手以表感谢。

从广元到成都有300多公里。列车刚开出广元，就从车厢外面露出一个头来，接着有两个年轻人跳进了车厢。看到他们进来，我们既担心又疑惑，不知道他们是怎样扒上开动的列车的。看到车厢里有人，他们两个也放松了很多，过来问我们扒车去哪儿，还说看我的穿戴不像是扒车的人。

原来这两个年轻人是从收容站跑出来，扒火车回家的。他们俩在北京打工，因为没带身份证，被收容站遣送回家。他们已经两天没吃东西了，遣送到广元时，趁人不注意跑了出来。看他们身无分文又饥肠辘辘，杨林贵就拿出自己带的干馒头给他们吃。看来两个人是饿急了，也不管馒头是否干净，狼吞虎咽地吃了下去。交谈中得知，他们是四川绵阳梓潼县文兴乡红塔村三社的，还希望我有空可以到绵阳去找他们。天快黑时，列车到达绵阳站，速度慢了下来，他们两人说了声谢谢，随后跳下行进中的列车，慢慢消失在我们的视野中。

广元到成都虽说只有300多公里的路程，但由于是货物列车，需要频繁给旅客列车让行，经常是开出一会儿就停下来，不时地避让着过路的旅客列车。这条襄渝铁路线上的列车大多数是在大山之中单线运行，货车更是走走停停。我们在车上经过了三天三夜的"旅行"后，终于在11月2日凌晨两点到达成都编组站。当时正下着大雨，列车停在外面等候进站，我们开始准备收拾东西下车。

杨林贵以为已经到成都站了，加上大家把东西都收拾好了，我们没有带遮雨的东西就提前下了车，结果在雨中走了一个小时才走到编组站。我们想摸黑找一间废弃的房子住，

2002 年 11 月 2 日凌晨两点到达成都编组站，在铁路旁的青龙高架桥下过夜。

这样起码能避雨，结果找了几间都很脏，不能住人，在编组站周围又找了很长时间，都没有合适的。没办法，我和杨林贵他们出了编组站，顺着铁路走到旁边的青龙高架桥下，找了一块干地方，杨林贵把带来的塑料布打开，铺在地上，我们一行八人就在这里过夜了。

由于我的身份容易引起注意，同时也为了我的安全，杨林贵让我睡在他们几个人中间，又把我的摄影包和相机装进他们的编织袋，枕在头下，六只猴子和三只狗算是我们的"哨兵"。

我们刚躺下，杨海成身边的大公猴就咬了他一口，海成起来拿着鞭子抽了它几下，对我说："好久不出来，猴子在家养得很胖，而且有精神，晚上容易兴奋，就会咬人，等耍上几天，晚上就会变得老实些。"

在高架桥下，我就这样睡着了。这是我第一次睡在野地里，还是有些惴惴不安。迷迷糊糊到了早晨六点，天还没完全亮，我们便被看热闹的人围了起来，人们就像在动物园里看动物一样围着我们看，还不时有人拿食物喂猴子。

在附近的饭摊上随便吃了点东西，杨海成他们三人和杨林贵几个就地分开，各自去另外的地方——耍猴不能聚集在一个地方，那样大家都不好赚钱。分开后，我和杨林贵他们赶紧收拾行李，赶往他们每年都去的驻地——"一个流浪人聚集的都市村庄"。

天还没亮，我们便被看热闹的人围了起来，还有人不时拿食物喂猴子。

　　这个"都市村庄"位于成都市成华区铁路旁，是一个外来人口聚集的地方，有收破烂的、流浪者、乞丐，还有养猪的，各色人物都有，杨林贵他们每年来都住在这里。

　　我们几个先去拜见了"庄主"。庄主是四川人，在这里临时建有几间房子，养有十几头猪，收入还是以养猪为主，在这里占据的时间很久，就成了地头蛇。由于每年都来，和庄主也很熟了，杨林贵很自然地得到了居住许可。在庄主的指示下，他们在一处建筑工地的围墙外，用塑料布搭建了一个窝棚，这就是他们临时的家。

　　晚饭时，庄主派手下来向杨林贵他们收取水费，每人每月一块钱。看在他们是常客的分上，收水费的给优惠了些，

耍猴不能聚集在一个地方，需要分头行动。杨林贵赶往每年都去的
驻地——"一个流浪人聚集的都市村庄"。

五个人每个月只用交3块钱。晚上，我在窝棚里听到外面有
打架声和求饶声，杨林贵说，这是庄主在"修理"那些不听
话的"庄民"。

在一处建筑工地外围，杨林贵他们用塑料布搭建了一个窝棚，作为临时的家。

成都街头耍猴

11月3日早上六点，我跟着杨林贵到附近的居民区买盐。回来的路上，意外地捡到一个三人沙发，于是他叫了一辆三轮车，花了一块钱拉回住处。这下，家里有沙发可坐了。

吃完早饭，七点半，杨林贵着手准备外出耍猴。从家里来的时候，他们每人身上只带了50块钱——这是规矩，出门或者回家时都不多带钱，以免遇到抢劫，造成损失；再者，扒车时被警察抓住也可能会被搜走。万一路上没钱了，只要到有人的地方，大家停下来耍几场猴戏，就能赚点生活费。

如果不尽快赚到钱，今天大家就会饿肚子。朱思旺一人看家做饭，其他四人都外出卖艺了。

住在铁路边的好处是进出方便，城里人一般不过来，没什么人打扰，对耍猴人来说这里是最安全的。

我们顺着铁路往成都市区的街道走。成都人对猴子很感兴趣，一路上不时有人用四川话对着猴子喊，还有人问是不是卖猴子的，还有人要打110报警。在成华区，我们找到一个公交站，坐上5路公共汽车，这趟车开往城乡接合部。当

杨林贵捡到一个三人沙发,"一家人"合影留念,左起分别为：戈群友、杨林贵、杨松、杨林志、朱思旺。

时中国的各个城市都打着"创建文明城市"的旗号，这些耍猴人要是在市区表演，随时可能被抓住。

一路上换了三次车，不知道怎么走时就问公交站点等车的人。一般人看他们牵着猴子，就明白是在江湖讨生活的人，都会热心地指点路线。上午九点，我们一行人来到成都市清江路。当时那边是一个新区，很多房子是新建的，不像市中心那么拥挤。在一个十字路口，杨林贵牵着猴子来回走了一趟，在离社区最近的街头观望了一会儿，见这里没有警察和城管，便摆开了场子。

在咣咣的锣声中，杨林贵把拴着三只猴子的绳子放长。

他先让猴子和小狗打架，喧闹声很快吸引了不少人围观。这时杨林贵让猴子走上几圈，绕出一个不大的空场，这叫"晃场子"。等观众多起来，把他们层层围住，杨林贵和戈群友还要谦虚一番才开始耍猴戏。杨林贵的开场白唱道：

> 小小锣锤七寸长，各样把戏里面藏。
>
> 有人懂得其中妙，不是师父是同行。
>
> 今天猴子来演戏，看后高兴你命长。

唱毕，杨林贵拉开架子，开始表演。他先让猴子给各位观众敬礼、翻跟头，然后跪拜在场父老。杨林贵的猴戏表演有"投打球""接飞刀""猴子拉车""墙壁猴子"和"人猴打架"等。"人猴打架"最受欢迎，也是观众容易和耍猴人发生冲突的一个节目。杨林贵说，有这样的冲突，才说明他们表演得成功。

"人猴打架"这个节目要耍猴人和猴子配合表演。当杨林贵转身往后弯腰时，猴子就会冲上去猛推杨林贵的屁股，杨林贵就会被推一个趔趄。杨林贵蹲下打猴子一个嘴巴子，猴子就会还击杨林贵两个嘴巴子。杨林贵打小猴子的时候，大猴子就跳到杨林贵的头上抽他的脸。杨林贵拿刀作势要杀一只猴子的时候，另外一只猴子就会上来把刀子抢走，杨林贵拿起鞭子要抽打这只夺刀的猴子时，猴子就会拿着刀子冲

"人猴打架"最受欢迎，也是观众容易和耍猴人发生冲突的一个节目。

到杨林贵跟前，假装要捅他。这些都是杨林贵训练猴子时设下的"托儿"。"托儿"越多，表演越精彩。

猴子和耍猴人在表演中"发生"的矛盾越激烈越好。耍猴人拿鞭子追打猴子，把猴子"打急了"，猴子便会拿起刀子、砖头、"金箍棒"来追打耍猴人，耍猴人被猴子追得到处跑。表演的时候，耍猴人每次用鞭子打猴子都会引起场外观众的不满，一些人会大声谴责："不要打猴子，猴子是国家保护动物！"场外的孩子们更是难过得捂住了双眼。这个时候，被耍猴人"打急了"的猴子开始反击了。猴子拿起砖头砸向耍猴人，手拿刀子和"金箍棒"把耍猴人撵得满场乱跑。场外的观众开始大声为猴子叫好："打！打！打！打他个龟儿子！猴崽儿好样的！"

有人为猴子竖起大拇指，还有人主动捡起地上的刀，递给猴子，让它去"杀"耍猴人。

他们这样的表演，经常被一些观众谴责，很多当地的报纸报道时也说他们这些耍猴人虐待动物，动物被虐后进行反击，怒打耍猴人。有时候观众看到这样的场景，会给记者打电话，或直接打110，警察就会来到现场，把耍猴人和猴子一并带回派出所。一般情况下，因为持有饲养证，警察对耍猴人进行说服教育后，便会把他们和猴子都放了。

杨林贵他们的表演，在严格意义上不能算是猴戏，只能算得上是人猴之间的杂耍。

由于这一天看猴戏的人多，中午杨林贵和同伴们就轮流吃饭，没有让表演停下来。杨林贵和戈群友轮流上场，一共表演了八场，杨林贵的儿子杨松和杨林贵的弟弟杨林志在场外走动，跟看猴戏的人收钱。

跟人要钱也是有规矩的。过去要猴人属于下九流的行业。在中国江湖上是这样定义三教九流的：

三教即佛、道、儒。

九流又分上九流、中九流和下九流。

上九流是：一流佛祖二流仙，三流皇上四流官，五流老君六流圣贤，七农八商九鲁班。

中九流是：一流举子二流医，三流丹青四流皮（皮影），五流地理六流相，七僧八道九琴棋。

下九流是：一流高台（唱戏）二流吹，三流马戏四流推（剃头匠），五流池子六流搓脊，七修（修脚）八配（配种）九娼妓。

常言道："人在江湖漂，哪能不挨刀。"在江湖漂就要说江湖话，做江湖事，守江湖的规矩，行江湖的信誉。每到一个地方，事事要多看，事事要多懂，这样才能做到察言观色、溜须拍马。赚钱得用一种谨慎的方式，弄不好就要挨揍。

杨林贵要猴时，观众自然会围成一个圈。要钱的时候先

表演时有人打110，警察就会来到现场。

看猴戏的人一般都会给个一两块钱，但也有人不给。

要从外围开始，因为外围的人随时都会离开。杨松要钱时要双手拿上一沓钱，基本上是一块五块的，到人跟前双手作揖，赔上笑脸说："您辛苦了，看看猴戏赏两个猴戏钱。"一般人都会给个一两块钱，但也有人不给。说上两声，人家不给就赶紧离开，不能纠缠人家，万一遇上一个横鼻子竖眼的，也许就会给你一个嘴巴子。

杨松要钱时，遇上一个瞪眼看着他不说话的，就会赶紧走开，还有一个一伸手问："这个你要不要，给你一个嘴巴子。"杨松也会赶紧躲开。

1978年7月，在东北吉林，村里的要猴人戈某在场子外面向看猴戏的人要钱时，一个年轻人斜看了他一眼，用手在裤裆里掏了几下，拿出来几根毛说："给你个鸡巴毛你要不要呀！"

1990年11月，杨林贵在广西南宁要猴，要钱的时候，有两个人自称是法院的，把他叫到一边搜身，最后只搜到五块钱，两人恼羞成怒，当街把杨林贵暴打了一顿。那次杨林贵被打得很惨，浑身是血。后来其他要猴人赶过来，这两个人跑到附近的一个法院里，被赶来的警察抓住。两个人的真实身份警察也没问，估计是有什么隐情。最后在警察的调解下，这两个人赔了杨林贵200块钱了事。

1994年10月，杨林贵一行五人在成都火车站要猴，看猴戏的人中有一个是火车站综合治理办公室的。因为跟他要钱，把人家给惹恼了，随后这个人把他们带进综合治理办公室的后院一顿猛打，每个人都被打得鼻青脸肿、跪地哭叫。打完后，又把他们送到收容所，在收容所里又是一顿毒打，直打得杨林贵他们哭爹喊娘地向人求饶。后来六只猴子也被他们没收了。杨林贵说："那次真把我们什么都打没了，损失大了！"

1998年6月，在吉林通化，杨林贵他们赶早去市里耍猴，路过一个酒吧，几个刚喝完酒的年轻人看完猴戏不但不给钱，反过来跟杨林贵要猴子，不给就打。杨林贵说："幸亏他们喝了酒跑得不快，不然猴子又被人家给牵走了。"

1998年10月，杨林贵在云南昆明耍猴时，因为向一个观众要钱时发生口角，那个脾气暴躁的人随手操起一把斧头，把杨林贵一班耍猴人追得四散而逃。

2003年"非典"蔓延之前，杨林志在安徽合肥赶庙会耍猴时，因为向一个年轻人要五角钱，人家不给，便说了几句不高兴的话，这个人顺手操起一块板砖打在杨林志头上，杨林志当场就昏过去了。

2004年7月，在东北齐齐哈尔，一个老板模样的人从兜里拿出一沓崭新的百元大钞，对要钱的耍猴人说："看见钱了吧？看一下就算给过了。"

在成都和重庆，还有人对他们说："猴子是人类的祖先，你耍猴就是耍你的祖先，就不给你钱。"

这些都是他们耍猴时的亲身遭遇，不管是挨打还是挨骂，他们都没有能力还手。

11月3日这天，杨林贵他们一直要到下午五点多才收场。这一天没有城管和警察干扰，他们的收入有100多元。

在回来的路上，我问杨林贵："今天看猴戏的人不时地谴责你们打猴子，你是怎么想的？"杨林贵说："打猴子其实是假戏真做，你看着鞭子打得响，其实打不到猴子身上。要是真打到猴子的话，那我们每天演出四五场还不把猴子给打坏了，那我们靠什么吃饭？观众有了情绪，证明我们的演出是成功的。"

我们坐车回到铁路边。快到家时，两只猴子突然坐在铁轨上不走了。杨林贵自言自语道："耍了一天，它们累了。"杨林贵让两只猴子蹿到他肩膀上，驮着它们走。他对待猴子就像对待自己的孩子一样，怕猴子累着了。坐在杨林贵肩上的猴子也好像知道主人的辛苦，不停地替老杨捏捏脖子、捶捶肩膀，把老杨乱七八糟的头发扒拉几下。

我为了拍摄到好的画面，就对猴子喊了几声，想让它们抬起头来。我的声音大概干扰了它们的注意力，猴子一抬头就对我龇牙咧嘴。杨林贵说："它们在对你示威呢！"

回到家，查点这一天的收入，才发现有一张50元的假币，真币假币加起来共计110元，除去这张假币，实际收入

猴子们不愿意走时，老杨就驮着它们走。

是 60 元。杨林贵直埋怨儿子和弟弟不长眼。因为按照他们的江湖规矩，看一场猴戏每人最多收两元钱，客人多给的话，就得给人家找钱。这已经不是他们第一次收到假钱了，江湖上什么人都会碰上，一张假钱害得一班子人都不高兴。

　　饭做好后，杨林贵独自盛了碗米饭，蹲在窝棚边吃，没想到一只公猴捡起一块石头就扔向饭锅，把一锅饭菜都打翻在地。杨林贵这才想起忘了给猴子盛饭。以往，每天外出耍猴回来，吃饭时都要先给猴子盛第一碗饭，这是对猴子劳累一天的奖赏，也是耍猴人的规矩。这么多年来，猴子已养成了习惯，看到耍猴人在吃饭，没有自己的份儿，就会发怒，往饭锅里扔石头、撒沙子。

戈群友和杨林贵分头去赶集。

这一夜，杨林贵没有睡好。

11月4日，杨林贵和戈群友两人一大早就分头去赶集了。我跟着杨林贵到成都的苏坡桥去赶集，没想到去了那边一问，才知道这天没有集会。于是，杨林贵便和儿子溜进桥边的一个居民小区。刚刚拉开场子耍了半个小时，收了10元钱，便被小区保安赶了出来，理由是猴子是保护动物，他们不需要这样的表演，杨林贵拿出县里给他们开具的猕猴饲养证也行不通。

东边的小区不行，就转到桥西边的小区看看。我问杨林贵："为什么不去市区耍猴？那里的人多呀。"杨林贵说："我们耍猴的规律是上午到城市边缘，下午再逐渐进入市区。因为上午城里的管理部门刚刚上班，人都很有精神，管得严，到中午的时候，这些部门的人都去吃饭喝酒了，下午上班的时候他们就没那么精神了，管得就不太严了，我们这些人和社会打交道的经验，比上过大学的人都多。"杨林贵说起来很自信的样子。

快到中午时，父子俩转到城市东区的满地可医院附近，杨林贵和儿子摆开场子，一直耍到下午一点多，收入30多元。中午花四块五买了三碗面，父子二人和猴子各一碗。吃完饭，牵着猴子走进路边一个建筑工地，杨林贵说："耍得太累了，找块草地休息一下。"在墙下的一块水泥板上，杨林贵就这么躺着睡着了，三只猴子中的一只也趴在水泥板上睡着了，其余两只坐着打盹儿。

睡到下午三点多，杨林贵父子走出建筑工地，又在一个小区门口摆开了场子，可是没耍几分钟便被小区保安撵走了。就这样，父子俩走走耍耍，耍耍停停，到下午五点多，等我们坐车回到住处时，天已经黑下来了。这一天，他们一共收入60多元。

午饭后，杨林贵和一只猴子躺在水泥板上睡着了，另两只猴子坐着打盹儿。

耍猴人的心事

2002 年 11 月 5 日，我们到成都的第四天，早晨天不亮，杨林贵就起来安顿好临时的家，嘱咐在家的人带猴子外出时需要注意的几点事项，然后便和儿子一起赶到成都汽车站，准备乘车到大邑县去祭祀岳父。

在老家准备出发时，杨林贵的妻子就一再嘱咐他去她父亲的坟上上一炷香，另外，还要去娘家村里的大禹庙拜祭一下统管天下牲畜的五畜娘娘，好保佑他们耍猴人和猴子一路平安。

刚开始，杨林贵跟我谈起他老婆贺群时还讳莫如深，直到我跟着杨林贵扒火车回到新野老家后，杨林贵一家人才觉得我可以信任，贺群伤心地把她的人生经历告诉了我。

贺群是杨林贵 18 年前花钱买来的。她今年 38 岁，是四川成都大邑县人，在姐妹三人中排行老二。贺群在 3 岁时母亲就去世了，父亲参加过抗美援朝，复员后很会做生意，是当地有名的商人，靠他的收入，一家人生活得还不错。母亲去世后，父亲想到三个孩子还小，需要人照顾，就给她们姐妹三人娶了个后娘。没想到自从后娘进门，姐妹三人就开始了噩梦般的生活。

后娘嫁来时带来了自己的三个孩子，姐妹三人常常有一顿没一顿的，每天早早起床打完猪草后还要回来做饭，并且不能弄出声响，如果惊醒了后娘，就会挨后娘的打。由于营养不良，姐妹三人从小身体就很弱。

为了能早点离开这个家自主生活，贺群的大姐贺艳18岁时就第一个嫁了出去，出嫁时后娘连一件陪嫁的东西都没给。由于没有陪嫁，贺艳被婆家看不起，结婚仅三天，婆婆就把他们盖的新被子拿走了，说："谁让你没有嫁妆，光着身子睡吧。"贺艳的丈夫是个老实人，一直在家里闲着没事干，只养了些兔子，卖点钱补贴家用。有了女儿后，贺艳开始在附近的一个小工厂打工，养活一家人。

贺群的妹妹贺桃17岁时也自己找了个意中人出嫁了。妹夫跟妹妹情投意合，两人非常恩爱。只是妹夫家太穷，在四川的大山里，只有一间土房、一张床和一口锅，贺群每次去看妹妹时都会带些粮食或衣被。虽然家里条件不好，但是妹妹每次都会把家里最好的东西拿出来招待姐姐。姐妹两人分手时总抱头痛哭。

贺群也早就有离开这个家的想法。20年前，村里的人贩子付长寿瞄上了她。付长寿和一个在大邑县当兵的新野人联手往河南贩卖人口。那一次他们一共带了三个女孩来河南，贺群是其中之一，在新野被杨林贵买了下来。贺群说："当时杨林贵家只有一间瓦房，一张床还是三条腿，另外一条断腿用砖头垫着，就连结婚的衣服都是借的。"

后来，在杨林贵的帮助下，贺群和父亲取得了联系。当父亲和四川省公安厅的人赶到新野杨林贵家时，贺群和杨林贵的儿子已经两岁了。看着已经会叫妈妈的儿子，贺群决定还是留在新野，和杨林贵一起过日子。

父亲抱着女儿一阵痛哭，想到自己的三个女儿都是因为后娘才落到这样的境地，老人深感后悔，离开新野时说："女儿，要是你先离开了我，爸爸会把你的骨灰带回四川家中，我今生对你的亏欠真是太多了！"

1992年，贺群的后娘在其小儿子满16岁时离家出走了，贺群的父亲没有找到她。2001年10月，贺群的父亲在悔恨中上吊自杀了。

上午十点多，我和杨林贵父子来到贺群的大姐家。杨林贵用这两天耍猴卖艺赚的钱买了些水果，算是他的一点心意。由于大姐上班不在家，姐夫就安排女儿李娟带杨林贵到五龙斜江村，给贺群的父亲上坟。

上完坟，杨林贵、杨松、李娟和我在贺群父亲的养子家吃饭。老婆跑了之后，贺群的父亲担心自己没人养老送终，

杨林贵在五畜娘娘前磕了 45 个响头，杨松则给自己许愿，希望不再耍猴卖艺，能找个好工作。

就在 1994 年收养了一个儿子，条件是死后所有的家产都归养子所有。

贺群的娘家村里有一座大禹庙，供奉着大禹、五畜娘娘、观音、猪神等神像。据说五畜娘娘是统管天下动物的神，家有牲畜的人拜过此神后便会五畜兴旺、财源滚滚。

杨林贵和儿子一起到庙里拜五畜娘娘。杨林贵一共磕了45 个响头。儿子杨松则给自己许愿，希望今后能找一个好工作，不要再像现在这样跟着父亲耍猴卖艺、游走江湖。

儿子的心愿也是杨林贵的心事。他很清楚，如今靠在江湖上耍猴卖艺谋生，已经越来越艰难了，他不希望儿子再和自己一样辛苦奔波。可心愿归心愿，他自己也不过是个耍猴的，又有什么能耐帮儿子实现理想，安排个好前途呢？

拜完庙里的诸神，我们坐车回到大邑县贺群姐姐家。贺艳见到杨林贵的第一句话就是："希望你不要再带着你儿子一起耍猴了，为了他今后的前途，应该给儿子找个工作，做生意、开车、打工都可以。"听到这话，杨林贵面色发愁地对贺艳点着头，算是对她的允诺。

11月6日早晨，刚过六点，杨林贵他们又带着猴子外出卖艺了，而且要不停地换地方。一个地方耍的时间不能太长，不然就没人看了。在一个城市里耍一段时间，看看没什么人气了，就要换到另一个城市。

这一天，我和杨林贵他们暂时分手，乘坐上午十点多的火车回洛阳。我们约好，年前他们给我打电话，我再和他们一起扒火车回新野。

分手后，杨林贵他们在成都辗转游走了45天。成都当时也在创建文明卫生城市，副市长亲自监督治理火车站"脏乱差"的现象，他们这些耍猴人自然也在清理的范围之内，于是他们就离开成都，辗转到下面的县级市。这期间杨林贵还生了病，吃了一个月的药。

2003年1月2日，杨林贵打电话告诉我，他们准备边耍猴边赶路，一直到达州，然后扒火车回家过年。我和杨林贵约定，1月8日在达州火车站附近见面。

每到一处，杨林贵总是被赶来赶去。

　　这次我带上了影友曹福川跟我一起扒火车，我请他给我拍一些工作照，条件是我负责他的一切费用。这个条件不高，但为朋友两肋插刀是老曹的性格。这个哥们儿很有正义感，为人厚道、执着，我好多次去危险的地方拍摄，都是他陪着。这次他义无反顾地陪我做这件危险的工作，让我十分感动。

　　1月7日凌晨四点三十分，我和曹福川从洛阳关林车站乘特快列车赶往达县（现达州市达川区）。春运时期，过道里都站满了回家的旅客。车长李波给我们俩安排了一个卧铺，晚上我睡，白天老曹睡。天气已经比我第一次扒车时冷了很多，看来扒车回去得经受更大的考验。

　　1月8日零点过五分，我们到了达州市，在车站附近找

2003年1月8日下午，四川达州，杨林贵在火车站外的一个停车场附近耍猴。

了家旅馆住下，等杨林贵的电话。下午一点四十五分，我接到杨林贵的电话，他们已经到了达州，让我再等等。

　　见到杨林贵已经是下午三点多了。杨林贵的弟弟杨林志在车站接我们，他们刚从宣汉赶到达州。杨林贵当时正在火车站外的一个停车场附近耍猴，见到我就说："别急呵，再耍两场，明天下午我们一起回家。"在这里，杨林贵还是被工作人员赶来赶去，耍到下午五点多，只赚了30多块钱。

　　晚上，杨林贵带着我去他们的"宾馆"。这是一处空地上废弃的房子，没有门窗，建在一个高台上，四周都是空地。大的一间有20平方米，小的一间有8平方米，小的当厨房，大的做卧室。对他们来说，住在这里比露宿街头好太多了，于是他们就把这个房子称为"宾馆"。

晚饭还是面条，杨林贵说："在家吃面条吃惯了，出门在外也喜欢吃面条，做起来简单，还养胃。"做出来的面条先喂猴子，杨林贵蹲在猴子旁边看着它们吃。一只猴子吃完面条后，主动过来给杨林贵梳头，杨林贵低着头，一副很享受的模样。

杨林贵说："明天上午我们再上街耍一会儿，吃完中午饭我们就扒车回家。我们这些出来的人讲究'七不出门，八不回家'，明天走，到家正好农历初九。"

"宾馆"的周围都是楼房。杨林贵看着窗外楼房里的灯火说，这一路他们走了四川的安岳、大竹、广安、渠县、华蓥、开江、宣汉，还有重庆的大足、永川、合川、梁平，最后到了达县，行程1000多公里，共计75天，每人赚了800多块钱。从家里来时带的小狗丢了，在广安他们又收留了一条同样的小狗。

杨林贵说：只要猴子没事，人没事，这一路就算是顺利的。

晚上，杨林贵他们在地上垫了些稻草，铺上褥子就睡下了。

在"宾馆"里，杨林贵看着窗外的灯火说：只要猴子没事，人没事，这一路就算是顺利的。

回家

　　上车之前，我让曹福川买一床军被以备我们在火车上保暖用。曹福川说他已经穿上了太空保暖内衣，在地上一走动就出汗。那个时候刚刚流行这种保暖内衣，但我扒过火车，知道上面有多冷。在我的一再要求下，老曹去把被子买回来了，这床被子在车上还真起了作用。我们还买了暖壶、方便面等，为扒车回家做准备。

　　2003年1月9日早晨七点，天还没亮，朱思旺就开始烧火做饭。早晨这顿饭，六只猴子、一只狗，加上五个人，一共吃了三斤半面条。吃完饭，杨林贵一行人收拾好所有东西，离开了"宾馆"。临走之前，他们还想再耍一会儿猴子，赚一些回去路上需要的钱，因为昨天他们已经把身上所有的钱都通过邮局汇到家里了。

　　下午四点三十分，我们一起溜进达州编组站，等有机车挂上编组车牌后，杨林贵就过去看车头上的信息。

　　没过多久，有一趟开往广元方向的列车挂上了编组牌。杨林贵确认回来后一挥手，我们赶紧登车。在达州编组站里，

2003年1月9日，杨林贵他们在达县扒上开往广元方向的列车。正值严寒时节，他们要在铁路上待三天三夜。

我们没遇上警察。上车一看，里面装着矿石，矿石很重，一节准载60吨的车厢只装了一半就达到吨位上限了，车厢还剩一半空间，因此我们能睡在比较平整的石料上。

下午四点五十八分，列车刚开出一会儿，就在梁家坝车站停了下来。旁边一组列车上卸煤的工人发现了我们，就把车站里的警察喊了过来。我只好上前跟警察交涉。警察看了我的证件和介绍信后，还是宽容地放过了我们。

正值严寒时节，列车越往北开就越冷。经过一天一夜，我们扒的列车在陕西境内的石庙沟车站停了下来，一停就是几个小时。停车时我们不敢说话，生怕被人发现后赶下车去。

车厢里异常安静,一边是嘉陵江的水流声,一边是列车在重压之下偶尔发出的金属错位声。在寒冷的冬夜,躺在装着矿石的车厢里,仰天看着繁星,还有身边几个睡熟的耍猴人,忽然想到诗人王志超的"冷卧相依夜沉沉,一缕相思一缕愁",这种感觉和李白的"两岸猿声啼不住,轻舟已过万重山"完全不同。沉沉夜幕中,感觉自己像是一个游魂。

这时候,曹福川再也不说他身上的太空保暖衣多么暖和了,早就把被子都裹到身上,我只能贴着他的背,感受一点热度。冻得睡不着,我就坐起来望着夜空。天上的星星似乎也在随着晃动的列车飘移。多么希望清晨的阳光快点照到自己充满寒气的身上,让自己游离的灵魂早点回归。这种感觉我今生还是第一次有。我在心里问自己:做这么苦的摄影工作是为什么?这些耍猴的人这么苦是为什么?他们虽然用的是最底层、最辛苦的方式赚钱,但其中透露出一种骨气,这是河南新野耍猴人的人格力量。

1月10日上午十点五十分,经历了一夜的严寒之后,列车终于停靠在陕西安康编组站。南来北往的货物列车都要在此重新分配编组,这里也是耍猴人每年的必经之地。我们要在这里等候前往襄阳的列车。

下车之前,杨林贵告诉我,以前每年他们这些耍猴人经过安康编组站时,几乎都要被铁路公安抓住,有时还会被车站保安揍一顿后赶出编组站。为了能扒上回家的火车,他们有时要和警察周旋到后半夜。

在安康下车后，杨林贵他们直奔编组站旁的一个小饭馆。每年他们都在这里吃饭，饭馆老板见到他们后习惯性地问："还是一碗汤面条？"杨林贵点点头说："真对不起老板您，要猴的实在是吃不起好饭，您就费事了。"等饭的时候，饭店里走出来一个车检工，大声呵斥起杨林贵来，让他把猴子往远处牵牵。大概是看到我们拿着相机拍照，他才略有收敛。得知我们是跟踪采访的记者后，他的口气改变了很多，说："这些要猴人在这儿扒车有几十年历史了，我们铁路工人平时对他们还是蛮照顾的，有时看他们难，也就睁一只眼闭一只眼地放他们上车，有时候对他们严厉也是工作需要嘛。"这时，站在一旁的杨林贵赶紧从兜里掏出香烟递上，满口感谢的话。饭馆外，一列车头滑进了编组站和列车进行对接。这位工人站起身来说："我该工作了，赶紧吃完饭，我帮你们看看哪台车好坐啊！"

吃完饭，杨林贵不时地跑到站场里，看进站的是否有去六里坪的车头。一直等到下午一点三十分，终于有一辆去六里坪的机车滑进了编组站，看清了机车上的字样后，杨林贵忙招呼一班人进场扒车。然而，就在他们刚走近机车时，一个不知从何处冒出来的保安抓住了他们。我跟在后面远远地举着相机拍摄，曹福川上去制止了准备打杨林贵一行人的保安。结果我们一起被这个保安毫不客气地带到车站的公安室，

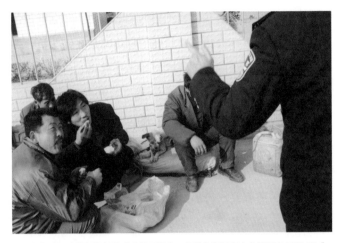

陕西安康编组站的王警官说："我就不明白，四川的猴子怎么会被河南人耍了？"

在门外等候发落。

保安在公安室外的 IC 卡电话亭里跟警察联系。不一会儿，一个 50 多岁姓王的警察"接待"了我们。我被允许进屋和他交流，杨林贵他们等在门外。这位警察看过我的证件后，严肃又无奈地说：

> 我就不明白，四川的猴子怎么会被河南人耍了？河南又不是出猴子的地方，怎么会有这么多四处流浪的耍猴人？我小的时候就在街头看过他们耍猴，一直到现在，他们还这样。
>
> 对这些人，我们警察有时候也没有办法。治安条例

上没有明确表示我们有拘留他们的权力。罚款吧，他们身上没有一分钱。以前他们把钱都蒸在馒头里，被我们发现后学聪明了，都把钱通过邮局汇回家，现在身上搜出的都是汇款凭证，你有什么办法呢？

猴子我们不敢抓，他们那些猴子只认主人，见了我们警察就咬。去年我们这里的公园有猴子逃跑，把街上的行人咬伤了，搞得全城鸡犬不宁。最后没办法，我们警察都要出去抓猴子。这些耍猴的人兜里有当地政府开的证明，起码证明了这些猴子是他们家饲养的，我们教育一番还是得放他们走。有时看到他们扒上货车，还得给他们说一说车上哪些地方坐着比较安全。

王警官和我聊完之后，就走出去给坐在地上的杨林贵他们上课："你们干些什么不好，为什么一定要扒火车到处耍猴呢？"杨林志说："我想当官，可是没有人让我当啊！"听了这话，王警官来气了："爬一边去，就你那样子还想当官，也不看看你那个样！"杨林贵一边呵斥杨林志，一边跟王警官解释。在查看了杨林贵他们的身份证，又给他们上了一堂安全教育课后，王警官还是放他们走了。

我也问过杨林贵："你不能干点别的吗？"杨林贵说："种地一年只够家里吃的；想当官，但没人让咱当；外出打工，一年干到头却被拖欠工资；做生意，咱没本钱。耍猴是祖上传下来的，赚一个算一个，拿现钱，不拖欠，虽说辛苦，可也不比他们在家做小生意少赚钱。至于以后，肯定是越来越不好干了，这点手艺，我看也就是到我这儿就完了。"

杨松已经告诉父亲，他明年要到南方打工去，不再和他一起外出耍猴赚钱了。杨林贵也是满口同意，他也知道，儿子再和他外出耍猴，一定没啥前途。耍猴人的历史注定要完结在他们这一代人身上。杨林贵这一班人的孩子没有一个愿意再和他们的父亲一样外出耍猴了，这些孩子的命运是不可能再和猴子拴在一起了。

下午三点四十分，我们又扒上了一列运送矿石的火车。火车司机和一个编组站的领导知道我的身份后，执意要我坐在他们的车头里。尽管很想去，但我还是感激地拒绝了。我无法丢下杨林贵他们，独自去享受那份寒夜里的温暖，那样会和耍猴人产生距离，也不符合职业摄影师的精神。曹福川听到后跟我说："你不去我去，在外面太冷了。"我劝住了他。我们买的军被根本盖不住两个人，老曹晚上跟我来回拉扯被子，冷得受不了时就说："前面到站停车，我就下去等客车回去，冻死我了。"最后我还是说服了老曹，一直跟我们走到底。

2003 年 1 月 11 日凌晨五点四十分，我们在农历初九这天终于到达了襄阳编组站。早晨七点四十分，我们坐上了开往新野的长途汽车。

杨林贵他们的江湖之行终于顺利结束了。这次外出耍猴，他们一共走了 74 天。安全到家后，杨林贵才告诉大家，他的母猴怀孕了。按照江湖上的规矩，杨林贵是班主，要请大家喝酒，等到生下的小猴满月，还要再摆满月酒，宴请村里的要猴人。

这次要猴的收入，掌班杨林贵拿最主要的一份，1000 元。

杨林贵的儿子、19 岁的杨松有 6 年要猴经验，这次拿了 800 元。

杨林贵的弟弟、40 岁的杨林志，有 17 年的要猴经验，家有三个女儿，最大的 13 岁，最小的 7 岁，都在上学。他在要猴时负责向观众收钱，这次拿了 800 元。

杨林贵的侄子、35 岁的杨海成，有 10 年的要猴经验，家有两个儿子。12 岁的小儿子杨林表示坚决不跟着父亲外出要猴。杨海成家有七亩土地，还租种了别人十亩土地。到成都后，他和另外两个人组队出去要猴了。

戈群友 47 岁，有 16 年要猴的经验，家有二女一男。自己家里有九分地，每年还要租种别人五亩地才能有足够的粮食。他这次拿了 800 元。

朱思旺 32 岁，不会要猴，家里有一个男孩，生活贫困。他只负责这个班子的后勤工作，要猴人每天给他 5 元钱，不管有没有收入，他的收入是按天算的。这次他的收入是 370 元。用他的话说，外出这两个月管吃管住，还给家里省了两袋麦子。

返家途中，火车路过武当山，杨林贵他们和猴子一起看风景。

痛失猴伴

2003年2月6日，正月初六，刚刚在家过完新年的杨林贵又和他的耍猴班子上路了。这次，他们要到山东德州去赶庙会。原打算等麦收的时候再回家，没想到突如其来的"非典"把他们的计划打乱了。

4月，各地疫情防治部门都开始设立关卡，对来往人员严加盘查。每个村庄都开始设置检查站。在外出了85天后，杨林贵他们意识到，再不往家赶就有可能被隔离在外面了。但这时回家之路也是困难重重。看到他们是外地人，各个关卡都对他们严加盘查，有些地方根本不允许他们经过。"非典"疫情的形势越来越严峻，他们只好一段路一段路地走，甚至得绕着路往家赶。白天赶路，夜里就睡在野外的庄稼地里。从山东德州到保定、石家庄，再到安阳、郑州，最后终于在5月16日回到了家。

这一趟，出门三个月，每人赚了1000多元。

6月28日，杨林贵打电话告诉我，他儿子杨松去佛山一家陶瓷厂打工了，以后不和他一起走江湖耍猴了。可是没

到了三伏天，每天清晨和傍晚时，老杨都会带着猴子去洗澡。

过多久，杨松就打电话回家，在电话里哭着跟母亲说："在这里打工实在干不下去，每天带着四双手套搬运刚出炉的烫瓷砖，一天的工资收入是 13 块钱，花 3 块钱吃饭，剩下 10 块钱。再除去水电费，一个月也就剩下 200 块钱。"母亲贺群很心疼儿子，可也没有办法，这一年家里的收入最差，贺群只能跟儿子说："儿啊，你暂且坚持一下，现在还不能回来，回来后家里实在也没有钱，能赚多少是多少吧，实在不行就换个工作试试。"

就是在这一年，沙堰镇很多村庄开始种植日本大葱，鲍湾村也开始在种植结构上做出调整。这种葱长到一米也不会倒伏，被村民们称为"铁杆大葱"，也就是这种大葱，在随后的十年当中，给村民们带来了比较可观的经济收入。

2003年8月1日，虽说"非典"疫情已经过去，但是这一年耍猴人被严禁外出卖艺。到了一年中最热的三伏天，猴子在这个季节都会脱毛。每天清晨和傍晚，耍猴人都会把猴子带到村边的河塘里洗澡，这样能使长久不运动的猴子减少疾病。杨林贵说，今年他的公猴身体一直不是很好，犯了胃病，不怎么吃东西，可能就是经常不活动的缘故。

12月6日上午，杨林贵给我打电话说，他的老公猴看样子要不行了。当我从洛阳赶到他家时，老猴已经死了。贺群告诉我："猴子快死的时候，场面非常感人。那时候奄奄一息的老猴已经躺在地上起不来了，和它一起生活的另外两只猴子不时将它抱起，向杨林贵吼叫着，流露出祈求的眼神，希望主人能救救它。老猴想坐起来的时候，它们就在老猴的背后把它托起来。"

杨林贵说："因为今年没有外出，怕它不活动生病，昨天我把它拉出去遛了遛。大概是天太冷的原因，回来后猴子就生病了。找来村里的兽医打针输液，还是没有救过来。这只猴子跟了我六年，算起来有二十七八岁了，在猴子当中也算是长寿的了。"

杨林贵找来一件自己的毛衣，把老猴包好，装入编织袋中，独自一人出门，到自家地里挖了个坑，把老猴埋了。这是杨林贵送走的第三只猴子。回来时他说："耍猴人都不想

杨林贵的老猴死了。他找来一件自己的毛衣，把老猴包好，装入编织袋中，独自一人出门，到自家地里挖了个坑，把老猴埋了。他说："耍猴人都不想让猴子死在自己面前，那场面太让人伤心了。"

让猴子死在自己面前，那场面太让人伤心了。"

从"非典"开始到12月份，杨林贵和村里其他耍猴人都不能外出。他们原本打算在10月份"非典"疫情结束后外出，但新野当地的林业部门管理很严，不给他们开具动物的饲养证明，迫使他们都不敢冒险外出。如果冒险外出，猴子会被有关部门没收，那对他们来说将是巨大的损失。这一年，杨林贵的女儿杨宇中考只考了350分，离上线的分数差100多分，如果想上高中，得缴3000多元的差分费。杨林贵家里实在拿不出这些钱来，女儿只好放弃学业，回家帮母亲给当地一些收购花生的贩子分拣花生。每分拣一斤花生可赚一分钱，母女二人每天早晨五点起床，一天可分拣1000斤花生，能赚10块钱。午饭往往是买两个馒头，再吃一些咸菜，喝一些白开水，这种赚钱生活的滋味让这个18岁的姑娘难以言表。此时，女儿才意识到父母亲赚钱供自己上学是多么不容易。

我原本打算和杨林贵的女儿杨宇交谈一下，为以后写耍猴专题积累一些素材，没想到，当我问杨宇："你觉得你父亲耍猴赚钱容易吗？你怎么看待你父亲他们这些以耍猴赚钱的人？"我的第一个问题就把她给问哭了。她没回答，哭着跑了出去。

贺群告诉我，他们不愿意让女儿外出打工，一是怕女儿在外面学坏，二是怕进了个不人道的工厂打工受累。

这一年下了 40 多天雨，雨水太多，杨林贵家种的 11 亩田只收了 5000 多斤麦子，一亩花生只收了 200 多斤。因为还租种别人家的八亩土地，每亩还要给人家交 200 元租金，再除去每人要交的 160 斤公粮以及卖出的麦子，到年底家里就剩下 300 多斤麦子了。以往家里剩余 500 斤麦子才够全家人一年的口粮。贺群告诉我，这年夏天家里吃的菜基本都是红薯叶。为了生活，杨林贵带着弟弟杨林志和耍猴班子，在附近村里收废品赚钱。

11 月，村里开始有耍猴人准备外出耍猴了，已经外出的耍猴人传回来的消息说有些地方管得不严。杨林贵也在和他的班子商量着准备外出。

12 月 22 日，杨林贵打电话告诉我，他们准备在 28 日外出，到南方去。结果到了 26 日，广东突然传出发现一个疑似"非典"病例的消息，后天就要出发的杨林贵赶紧又把他的耍猴班子成员叫到一起商量，在拿不准的情况下，大家一致决定推迟出发，再观望一下，等待消息。

等到 31 日，杨林贵他们没有接到更坏的消息，于是他们当天下午在南阳汽车站出发，坐上了前往广东东莞的卧铺汽车，后又在湖北、湖南交界处因大雾被困了一天。1 月 2 日晚上，他们才到达东莞厚街，在厚街耍了一个星期，收入还不错。杨林贵这次搭班的共七个人，每天分成两班外出耍猴。

1月8日，杨林贵一行到达常安镇，刚开始耍猴就被城管制止，那里管得太严。用他们的话说："地情没有摸清楚，这一仗没有打赢。"1月9日，杨林贵他们又转到虎门，在虎门耍了六天。原准备走番禺进珠海，不过在汽车上听司机说那里"非典"过后管得非常严，于是到那里待了半个小时就赶紧离开了。当天又赶到中山市，大概是中山市管得不严，有好几个耍猴班子都在那里。耍猴人一多大家都赚不到钱，但也只能在那里多待几天。16日，他们回到虎门，走了一圈，没有赚到多少钱，一行七人的汽车票就花了600多元。

　　"非典"之后，杨林贵就不愿意到城市中心去耍猴了，他觉得现在都在创建文明卫生城市，他不想给城市抹黑。

耍猴人张首先

2002 年，我在鲍湾村、冀湾村采访时，69 岁的张书伸老人告诉我，以前和他一起外出耍猴的搭档叫张首先，当年到云南耍猴，后来便留在云南工作，在当时的昆明火葬场当了场长。

张首先还是耍猴人黄爱青的亲戚，后来黄爱青给我要到了张首先家人的电话，我和张首先老人取得了联系。我准备去云南听听张首先老人的故事。

2003 年 12 月 28 日，我专门从洛阳乘飞机到昆明，找到张首先老人，想看看他现在的生活是什么样的。那一年，张首先老人 70 岁，已经退休在家。

12 月 29 日，到达昆明的第二天，我找到处于市区中心的火葬场家属院，张首先和老伴住在三楼。张首先虽然离开家乡多年，但还是一口浓重的河南口音，见面就先热情地对我说："你还没吃嘞吧？"

张首先老人 8 岁时母亲就改嫁了，自己的一个姐姐也被送到别人家做童养媳，这一切都是因为父亲染上了大烟瘾。

1917年，当时政府还允许村民种植大烟，张首先父亲家里的一个亲戚家种有大烟，收割的时候让父亲过去帮忙，结果父亲由此染上了烟瘾。为了吸大烟，父亲逐渐把家里的东西都给变卖光了，母亲觉得这日子没法过，后来便改嫁了。为了筹集买大烟的钱，父亲四处举债，最后家里的亲戚没有人敢借给他钱。在一次烟瘾发作的时候，父亲把张首先伯伯家的耕牛偷出来变卖掉，从此就再也不敢回家了。

8岁的张首先一人在家，无法生活，伯伯就将他送到离家三四里外在地主家做饭的奶奶身边。地主不让奶奶留下这个吃闲饭的孩子，奶奶只好把他送到当地的泰山庙，给当时的鸿志鑫道长做道童。那时，泰山庙有十几个道士，鸿志鑫道长也吸大烟，张首先每天往返于庙里和樊集给道长买烟土。当时樊集是一个有着两三百户人家的大村庄，樊集有个私塾，鸿志鑫道长供他上了一年的私塾，读了《百家姓》《三字经》等书。

1949年，张首先16岁，那一年泰山庙里的道士都被遣散回家了。张首先的二伯把他接回家，成分定为贫农，政府分给他两亩地、两间草房。

由于上过私塾，张首先多少有点文化，先后在村里选举中当过乡委员、民政委员、治保委员等。到了1955年，村里耍猴人挺多，外出赚钱的也不少，他就加入了"挑子"。他们这个挑子以张书伸为掌班，黄保立为师傅，收入的分配原则是每100元师傅黄保立得33元，张首先得18元，余下的都是掌班张书伸的。猴子和耍猴的家当都是张书伸出，张首先帮忙出些力，担挑子、做饭、收钱都是他干。那个年代在外面耍猴，一天挣5角钱也比在家里强很多。

1955年9月，他们一行三人从新野出发，先后到过湖北、湖南、广西、云南等地，这一走就是一年多。那时候，耍猴主要靠挑着担子步行，没有钱坐车，也还没有开始扒火车。当时耍猴和现在有很大的不同，那时耍猴只是为了吸引人过来，等到围观人多的时候，他们就会拿出一包包针线来卖，一角钱一包。那时针是用锡纸包着的，他们把卖针留下来的锡纸保存下来，回家把这些锡纸熔化后，可以做一把喝酒用的小锡壶。

他们箱子里放的是猴子穿戴的戏装和面具，耍猴人一开始唱戏，猴子就会自己走到箱子前，打开箱子，拿出各种戏服、帽子和面具穿戴在身上，然后表演各种戏剧。

黄保立后来背着张首先、张书伸二人，自己在酒馆里喝小酒，被发现后产生矛盾，黄保立就不干了，自己先回了新野老家。

1956年冬季，张首先、张书伸二人走到湖北荆州，准备过长江时，在路边意外捡到2000多元钱，他们俩认为这么一大笔钱肯定不是一个人的，决定就在原地等待。结果没过多久，当地工厂的一位人事科科长骑车找了回来，这2000多元钱是他们全厂工人的工资。科长为了感谢他们，把他们俩请回厂里吃饭，还给他们买了一条"白毛女"牌香烟，但是他们俩每人只拿了一盒就走了。

这一年他们耍猴生意特别好，仅张书伸就赚了1000多元，回到家里，盖了五间房子，置了三亩半土地，买了大桌子、大柜子、大水磨后还有富余，可见当时1000多元钱的购买力有多强。

从昆明回来后，我到村里找到张书伸老人，他就住在张云尧家旁边。老人还和老伴住在他当年赚钱盖的老房子里，看着他养的牛，怕晚上被人偷去了。老人很自豪地指着老房子说："这在当时可是村里最好的房子。"老人回忆起自己靠耍猴挣下的一份家业，心里很开心。

张首先、张书伸二人一直搭伴耍猴，直到1958年"大跃进"时期。那年，他们一路耍猴到了云南昆明市，住在米场新街。由于昆明市里不让耍猴，赚不到钱，他们没有饭吃，两人便找到当时的盘龙区派出所"申诉"，说："公家不让耍猴，就给我们找一份工作干，否则我们没钱回不了家。"派出所问他们是不是想要些路费回家，两个人说："是！"

派出所介绍他们去当时在扶贫村设置的收容所。一进去，两个人带出来表演的狗死了，羊给卖了，猴子也被放跑了。

四个月后，民政局成立了一个采矿队，他们被送到正在修建的阿岭铁路打石头。干了一年多，两人正式转正，每月有 22 元工资。再后来，他们又被分配到昆明钢铁厂做炼钢工人，每月有 35 元工资。干了三年后，钢铁厂裁人，又把他们俩分配到会泽县的一个有色金属厂。

张书伸干到 1960 年 2 月，便回到新野老家。1979 年，他跟着村里人又外出耍过一年猴。1980 年后，他就不再外出耍猴了。张书伸老人有三个儿子、两个女儿，三个孙女、一个孙子，一个重孙，四世同堂。张书伸老人已于 2009 年夏天去世。

张首先则在 1960 年被调到昆明跑马山火葬场当了场长。张首先 1962 年成家，当时他已经 29 岁了，老伴也是火葬场的工人。张首先一直在火葬场工作了 30 年。老人现在有三个女儿、三个儿子，两个孙子、两个外孙。

广东耍猴过年

从云南采访张首先老人回来后，我接到杨林贵的电话，说今年他们准备到广东耍猴过年，把"非典"时期不能外出耍猴的损失弥补一下。这是杨林贵耍猴 17 年来，第一次在外面过年。

2004 年 1 月 17 日晚上，我再次和曹福川一起乘坐洛阳至广州的 2078 次列车，赶往广州虎门与杨林贵会合。

1 月 18 日晚上六点四十分，我们随着人流挤出广州站。准备回家过年的人挤满了整个广州站广场。当时还下着雨，广州火车站准备了大量的临时候车篷供人们避雨。2004 年的春运一反常态，前往广州和离开广州的人几乎一样多，来往列车都严重超员。我在火车和汽车上顺便问了一些外地模样的乘客，他们认为节日期间来广州打工，工作肯定会好找，能避开节日后打工者云集广东工业区找工作的高峰。

走出广州站，我注意了一下街上的行人。之前有报道说广州发现了三例"非典"疑似病人，朋友特意叮嘱我要注意防范，但我在广州街头没发现一个戴口罩的人。出租车司机告诉我，现在人们对"非典"已经不像 2003 年 4 月高发期时那么恐惧了，加上这次的三例"非典"疑似患者都控制得非常及时，所以可以看到街上的人们都忙忙碌碌，似乎没受什么影响。

这是曹福川第二次和我一起跟拍耍猴人了。他是一个超级摄影发烧友，20 世纪八九十年代在洛阳市第三建筑公司当工程监理，这是一份不错的工作，他也成为中国劳务输出到国外工作的第一批人。1988 年，曹福川回国时带回了电视机、录像机、洗衣机、电冰箱这"四大件"，不久便结婚生子。后来他迷上了摄影，而且应了摄影界的那句话："摄影穷三代，单反毁一生。"女儿不满周岁，曹福川的老婆就跟着别人跑了，他自己边摄影边养活女儿。女儿 6 岁时，前妻回来索要孩子的抚养权，她已经嫁到英国，现居广州。我和几个朋友当时都劝他，让孩子跟着前妻，毕竟前妻那边条件好，对孩子的教育和前途更好。曹福川最后跟前妻去了法院，自己成了光棍一人。

曹福川靠摄影根本赚不到什么钱，但他还是坚持靠摄影吃饭，经常报道一些当地的社会现象，赚些稿费。2004 年 1 月，当时已近年关，曹福川身上几乎连过年的钱都没有。看他这样，我就说："老曹啊，你一个人在家过年也孤单，跟我走吧，给我拍些工作照，咱俩在外面过年，路过广州还能看看女儿。"他跟着我来到广州，当时身上就带了 300 元钱。

1月19日，我和曹福川先到广州市番禺区大石镇的碧桂园，老曹的女儿娇娇到车站来接我们。曹福川六年没见女儿，女儿已经12岁，也开始懂事了。她带着老曹参观了她们家居住的占地近千亩的碧桂园社区，里面有山水树木，营造出一个"五星级"的生活环境。老曹在女儿面前深感愧疚，他自己的房子是70平方米的两室一厅，为了省钱还把另一间卧室租了出去，每月150元钱租金。他身上带的300元钱也是房客预付的租金。

中午，在碧桂园外面的一家小饭店，曹福川请女儿吃了顿饭，花了80元钱，又给了女儿150元压岁钱。看着逐渐成长起来的女儿，老曹哭了。刚懂事的女儿看着流泪的父亲不知所措，我劝住曹福川，吃完饭后我们就和孩子告别了。

1月19日下午四点，我们和曹福川赶到虎门。杨林贵和他的弟弟及另外一个伙伴已在汽车站等候我们多时。从车站出来，我们就赶紧往他们的住处走。住处离车站有两公里，由于带有猴子，而广东正在对野生动物严加管理，他们不敢住在市区，就选择了一处多年没有开工、荒草丛生的建筑工地临时居住。

我们到的时候，广东已经连续下了三天雨，杨林贵他们的窝棚都被泥泞包围了，只有塑料布下的被褥是干的，一行七人和六只猴子、一只狗就住在这样的环境里。由于下雨，他们已经三天没有外出卖艺了。为了生存，杨林贵也没闲着，

2004年1月19日晚，广东虎门，杨海成在喂猴子吃饭。由于下雨，他们已经三天没有外出卖艺了。

下雨天带着大家在城里捡了两天废品，卖了40多元钱，勉强够这两天的生活费。杨林贵无奈地说："在这里耍猴根本赚不到什么钱，明天准备转场赶到东莞，在那里过年。"

晚上，杨林贵用我的手机跟妻子联系。贺群告诉他：女儿杨宇已在17日赶到佛山，和在那里打工的哥哥杨松会合，准备在佛山打工，家里仅有的300元钱都给了女儿，她手头仅剩下30元钱，过年家里连买肉的钱都不够了。杨林贵一再跟妻子说："去割点肉，去割点肉，没钱就是去借，也得割点肉过年。"

放下电话，杨林贵愁得直摇头。这时，杨松给我打来电话，

杨林贵他们带上猴子和狗赶往虎门汽车站，在车站外
把猴子装进编织袋。

问我是否已经到了他爸爸那里，并告诉我杨宇已经到了他那
儿，工作也都安排好了，就在他现在的公司，每月工资 800 元，
管吃管住，待遇不错。杨林贵接过电话，询问起儿子那边的
情况，并告诉儿子："一定要带好妹妹，凡是不健康的工作
一定不能让妹妹干。要是带坏了妹妹，或是出了什么问题，
老子可不饶你。"放下电话，杨林贵心放宽了些。"杨松这小
子还是可以的，把他妹妹的工作都给安排好了，这样家里的

杨林贵在东莞汽车南站附近发现一片被人遗弃的石棉瓦房，他很满足地说："这样的房屋就像五星级宾馆一样好。"

负担就减轻了不少。"杨林贵说到这里，长长地吐了一口烟。

晚上，因为我要和他们一起吃饭，杨林贵特意叮嘱管伙食的弟弟杨林志上街多买些鸡蛋。晚饭是白水煮挂面，外加炒鸡蛋，碗里没有一根青菜，这已经是他们招待我这位远方来客的上好伙食。平日里，他们吃的是白水煮面，只加上一把盐。

1月20日早上六点，杨林贵就催促着堂哥杨林芳赶紧烧火做饭，吃完饭赶紧往东莞赶，到了东莞还得找一个能住的地方，而且到那边后还得派人赶紧到集市上买过年的东西，去晚了集市上就没有卖年货的了。八点多，在杨林贵的催促下，一行人灭掉火，收拾好东西，带上猴子和狗赶往虎门汽车站。杨林贵在车站外把猴子装进了编织袋。

上午十点四十分，我们在东莞的汽车南站下车。刚出站，杨林贵就发现一片被人遗弃的石棉瓦房，一共有20多间。这些用竹竿搭建的石棉瓦房，是建设东莞汽车南站时民工们居住的，车站建好之后，这些临时的房屋还没来得及拆除，房子外面还有一个自来水管。

杨林贵很满足地说："这样的房屋就像五星级宾馆一样好。"杨林贵指挥大家把一间稍大点的房子打扫干净。他们又发现了一些用木板钉成的桌椅板凳，这下，家具齐全了。杨林贵赶紧让人去集市上买些年货。

安排完这一切，杨林贵说："咱们得派一班人马到城里去探探路，看看这儿管得严不严，别等到明天大年三十，到了城里还耍不成，那时候再转场可就耽误事了。"见大伙都瞅着他，杨林贵心里明白，此时大家都在看他这个掌班的怎么安排。杨林贵说："还是我去吧！"

杨林贵叫上弟弟杨林志和另外一个伙计，牵着三只猴子，起身往车站走去。东莞南站有发往市区的公交车，上车两块钱。杨林贵在站牌上看到，15路车发往的地方有文化广场和人民公园，就把猴子装进编织袋，上了15路车。在车上，杨林贵问旁边的乘客市区哪里人多，得知文化广场人最多。于是杨林贵打算先去文化广场，回来的时候再去人民公园。

文化广场是15路车的终点站，这里是东莞市新建的广

耍猴的时候，经常会碰上城管，杨林贵总是被赶来赶去。

场。杨林贵到广场外一看，就吓得不敢往里面进。"那里面干净得很，我看恐怕不行，咱们还是在外面耍两下试试，看有没有人来管。"杨林贵对弟弟杨林志说。于是，他们便试着在广场的一个入口处开始耍猴。谁知道刚耍了十几分钟，身后便突然传来一声呵斥，把杨林贵吓了一跳。回头一看，两个骑着摩托车的城管正站在他身后，吓得杨林贵赶紧收起猴子走人。要不是城管看到我们在拍照，说不定杨林贵还会挨上两脚。路上，杨林志告诉我："耍这十几分钟就收了十几块钱，够今天的饭钱了。"

他们又转到广场附近的车站前，杨林贵试着拉开了场子，哪知还不到五分钟，就又被一个城管给赶走了。杨林贵还是不死心，还想再围着广场转转看。转到广场后面的一个超市前，杨林贵想试着再拉开场子，猴子放出去还没有站稳，就被旁边一个保安给制止了。杨林贵接着又牵着猴子往人民公园走。

人民公园离文化广场仅有一站路。走到公园门口时下起了小雨，杨林贵他们在公园门外的一棵大树下拉开了场子，不一会儿就围满了人。杨林贵在场内耍猴，杨林志和另外一个伙伴在场外收钱。谁知天公不作美，耍了一个多小时后，雨越下越大，最后不得不收场。这一场，杨林贵他们共收了60多块钱。

在坐车回住所的路上，见雨下得小了些，杨林贵他们在一个叫"远屋边"的村庄下了车。就在雨后湿漉漉的地上，杨林贵又在站牌旁耍起了猴。耍了十几分钟，就是没有一个人停下来看。杨林志说："今天是大年二十九了，人家都忙着回家过年，谁还有心思站在这里看猴戏，收场吧。"杨林贵收场后，牵着猴子走到一个卖春联的摊位前，花了15元买了一副对联和一张财神像，准备大年初一给财神上香祈愿。

意外来客

回到家里已经是下午五点多，这时住的地方来了一个操四川口音的青年。一问才知道小伙子叫邓洪波，家在四川乐至县劳动镇民胜祟古村二组。2004 年元旦，他被同学从家里骗到广东肇庆瑞州大菜园村，到那里后才知道是让他干传销，他天天和被骗来的 100 多人在一个被人看守的房间里上课，专门有人来给他们灌输传销经验，课后 100 多人还要相互谈心，相互洗脑。在被引诱得对传销行业产生好感后，便开始骗取他们身上的钱。随后，传销头子叫他们用学的方法以做生意受骗、被车撞伤、同居被抓等手段，向家里的亲戚骗钱或上街行骗。

被强迫加入传销队伍后，每人要交 5000 元购买美容保健品，伙食费还要自理。邓洪波从家里出来时只带了 600 元，除去伙食费和路上的花销，身上只剩下了 100 多元。传销人员便叫他上街去骗人来入伙。每次上街，都有三四个人在一旁陪着他，防止他跑掉。邓洪波找到一次偷打电话的机会，就在电话里告诉家人千万不要相信陌生人的电话，如果有人

杨林贵他们救助过很多遇到困难的人，这样的帮助有时候就简单到给别人一碗饭。

打电话来说他在外发生意外让他们寄钱的话，千万不要上当。

18日，小伙子在外出的时候趁他们不注意，偷偷跑了出来，随便上了一班公交车坐到了东莞汽车南站，给老家打了电话，让家里的一个哥哥前来接他，他就在车站等。当时他已身无分文，两天没吃饭了。在车站四处游荡时，他看到这些破旧的房屋里有人住，就找了过来。从下午到傍晚，小伙子一直围着灶火取暖。由于广东这几天赶上冷空气南下，气温下降，加上他两天都没有吃饭，衣着单薄的小伙子被冻得够呛。看来他是想在这儿取暖，要些吃的，但又不好意思开口，就待在这儿不走了。

做完饭已经是晚上七点多了。杨林贵也看出了这个小伙子的难处，开饭时就给小伙子盛了一碗米饭。在多年行走江湖的日子里，他们救助过很多遇到困难的人，出门在外的人有难处，谁不想让人帮自己一把，这样的帮助有时候就简单到给别人一碗饭。

邓洪波狼吞虎咽地吃完了这碗饭，然后主动拿出他的身份证让我看，以证明他的身份和他所说的话是真实的。我看他的身份证号是5110221982××××××××。曾到过四川的杨林贵还问了邓洪波居住环境的一些地方特征，确定这小伙子没有撒谎。邓洪波告诉我们，他哥哥要在后天才能赶到这里来接他，这两天他只能待在候车室里。邓洪波又吃了一碗饭后，向杨林贵他们说了一些过年的吉祥话，就回候车室了。杨林贵一再跟他说："饿了就随时过来。"

1月21日是大年三十。吃完早饭，杨林贵便和杨海成分头外出耍猴。由于昨天收入不错，今天杨林贵又准备到人民公园去，而杨海成和搭档则打算去东莞厚街的工业区试试看。这天我跟着杨海成到了厚街工业区。

东莞厚街是广东最早的工业开发区之一，有432个工业区，几乎每个村都有几个工业区。那里生产的电子元件、电器、机械、纺织品远销海内外。外来务工人员有八万多，占当地总人口的四分之三还要多。这里的打工者为了赚些加班费，很多人过年都不回家。厚街最大的特色就是走到哪儿都是摩托车，乘坐便宜，一辆可以带上四个人。这里也有很多新野的打工者在开摩托车赚钱。杨海成提醒我们，带着相机的话，尽量别坐这种摩托车，以免遇到抢劫。

厚街离我们住的地方不是很远，我们是牵着猴子走过去的。八点多，杨海成他们就在厚街三屯区的街口拉开了场子。时间太早，没有人过来观看。耍到九点多，这里的商贩都开始出摊了，杨海成耍猴的场地就越来越小了，逐渐被这些当地的商贩占据。俗话说：强龙不斗地头蛇。杨海成看着场地越来越小，没办法继续耍猴，只好牵着猴子另找了一个街口空地，重新开张。这次，他们一直耍到下午两点多，草草吃了碗面，又回到原来的地方重新耍起来。

在这儿打工的人对耍猴还是很感兴趣的，尤其是看到猴子和人打架时。猴子捡起石头砸向耍猴人的时候，场边的人不时地给猴子递上大一些的石块，让猴子使劲砸耍猴人。猴子拿起飞刀要"杀"耍猴人的时候，有人给猴子壮胆，使劲喊："杀！杀！杀了他！"有人还给猴子扔来水果、糖果作为奖励，也有人往场子里扔钱。杨海成也不时地让猴子给扔水果和钱的看客举手敬礼，以示感谢。

杨海成带的猴子6岁，腰身直溜，毛色滋润，性格乖巧，很有自己的特色。这只温顺的猴子不怕生人，刚开场时会自己走到围观人群面前，挥手示意围观的人往外站些，这样场子可以更大。观众很喜欢这只猴子。每表演完一场，杨海成就让这只猴子模仿人的动作，走到观看者身边跟他

没有春节联欢晚会，没有鞭炮，更没有儿女在身边，吃完饭他们就睡了。

们握手，观众会从兜里掏些小钱给猴子，猴子把钱送到杨海成手里，如果是糖果或水果，猴子就很开心地自己留下吃掉。杨海成的这场猴戏一直要到下午五点多才收场，这一天赚了300多元。

杨林贵他们这一天却几乎没做成生意，每到一处，都会有保安、警察制止他们在街头耍猴。这一天，他们在城里被来回赶了十多次，一共只赚了几十块钱。

晚上，杨林贵把昨天买的春联贴到了临时的家门口。以往这时候，他们都是赶回家过年，正和家人贴春联、吃年夜饭，而今年的年三十，他们七个人第一次在外头过了。年夜饭做好了——一条鱼，一只鸡，五斤肉，两瓶酒，两条烟，这就是他们过年的全部伙食。没有春节联欢晚会，没有鞭炮，更没有儿女在身边，吃完饭他们就睡了。

　　明天是新年，他们要继续上街耍猴卖艺，重复今天的生活。

大年初一敬财神

早上六点多，杨林贵便催促大家起来上香敬财神。到了七点，杨林贵第一个跪在财神像前。为表诚心，杨林贵让他的三只猴子也跪在财神像前。杨林贵敬上四炷香，杨林志则手拿财神像，站在对联中间供他们参拜。杨海成也带着自己的三只猴子给财神磕头，希望自己在这个大年初一能有个开门红。接下来，杨林芳、杨林志、杨海成、苏青海、陈宝林、丁忠伟一行人挨个儿向财神像上香叩拜，祝愿猴戏班子财运亨通。

大年初一，他们吃的饭还是和平常一样，做了一大锅米饭，把各种菜放在一起做了个大烩菜，只是菜里比平时多加了一些肉。吃完饭，杨林贵和杨海成又各带一班人马分头外出。杨林贵由于吃了昨天的亏，今天不再去城里，也准备到厚街的桥头区耍猴，杨海成还是到昨天的三屯工业区，两拨人分头出发。我跟着杨林贵，看看大年初一他的收入会如何。

厚街经济发达，有不少五星级大酒店，这里是内地打工者的天堂。为了赚钱，很多打工者举家搬到这里居住，虽说

大年初一一早上，杨林贵他们带着猴子给
财神爷磕头。

住的都是简陋的房子，但一家人几乎都可以找到工作。在这
里打工的河南人也很多，周边还有河南人开设的饭店，提供
实惠的家乡饭菜。

九点多，杨林贵这一班人便到了厚街的桥头。在观察完
周围情况之后，杨林贵开始打场子。由于出来得太早，大年
初一的街上行人还不多。到了十点，街上的人逐渐多了起来，
周边的商贩也开始出来摆摊。杨林贵被这些商贩赶来赶去，
他拉着猴子边演边退，最后从桥东被赶到了桥西。

在桥西，杨林贵重新拉开场子，不一会儿就有了围观的
群众。杨林贵让两只猴子一起拉开昨天做的红色条幅，上面
写着"猴年大吉看猴戏"。这下，更多人围了上来，就连过

有人拎着手铐威胁杨林贵。老杨反问他："你是什么人？你的手铐从哪里来的？谁给你携带手铐的权力？你要是说不清楚，我马上报警。"

街的天桥上都站满了看猴戏表演的人。由于看耍猴的人太多，旁边一个卖凉菜的商贩不愿意了，以影响她做生意为由让杨林贵离开。这会儿正是人多的时候，杨林贵一边谦让一边继续耍猴，不愿意离开。

突然，一个30多岁、满口广东话、手里还拎着一把手铐的人过来大声呵斥杨林贵，喊道："马上离开，不离开就收拾你！"杨林贵也是走惯江湖、见过世面的人，他处变不惊，看这个人没有穿警服，就走上前反问他："你是什么人？你的手铐从哪里来的？谁给你携带手铐的权力？你要是说不清楚，我马上报警。"杨林贵这么突然一问，这个人回答不上来，很尴尬地站在那里，很多看猴戏的人这时候也在等着

大年初一，杨林贵他们共有 700 多元收入，这也是到广东耍猴以来收入最多的一天。杨林贵开心地说："今天这仗打得很好！"

他回答。我当时正在旁边拍摄，杨林贵指着我，神气地说："记者已经给你拍下来了，明天上报给你曝曝光，看看你到底是干什么的！"这人愣了一下，马上就转身离开了。

出门前，我和杨林贵就有过约定，只要他没遇到危险，我就不出手相救，因为我要看到他真实的遭遇。

这天，杨林贵终于占住了这块风水宝地，继续耍猴。大年初一这一天，他们共有700多元收入，这也是他们到广东耍猴以来收入最多的一天。在一旁卖糖果的安徽老板还给他们送来了一个红包，虽说里面只有6元钱，但是杨林贵说："人家送的是六六大顺，很吉利啊！"

由于是过年，人们都图个吉利，钱给得也大方，杨林贵开心地说："今天这仗打得很好！"

晚上，回到临时的家，我们见到了新邻居：一个在街头拉二胡卖艺的男人，身边还带着一个孩子和一个有些憨傻的女人。

新邻居叫陈德清，1944年7月6日出生，河南信阳韩庄村人。陈德清说他年轻时在大队宣传队学过二胡，女儿六个月时妻子就去世了。他现在带的这个有些憨傻的女人，是他今年2月在明港火车站遇到的，见她流落街头，于是就把她带在身边。河南去年夏秋两季由于长时间降雨，家里仅有的三亩地只收了300斤玉米和一些红薯。2月19日，因为临近年关，家里没钱过年，陈德清就找到村委会，村里给了他 50 元钱和一袋面粉。后来没有办法了，他们来到广东，准备到东莞南栅镇去找老乡，一起捡废品维持生计。没想到他们在东莞找错了地方，身上又没钱了。陈德清今天白天就出去卖艺赚钱，回去的时候却找不到昨晚住的地方了，看到这里有人住，于是想在这里临时住上一晚，等天亮了找到之前住的地方，拿上被褥，再准备赶往南栅。

大年初二，杨林贵到了南栅，赚了 600 多元。

大年初三，杨林贵换到赤岭，赚了 500 多元。

大年初四，东莞很多企业都开始陆续要求打工者上班，看猴戏的人逐渐少了，但他们的收入还是有 500 多元。加上杨海成耍猴的收入，他们这班人马一天能收入 1000 多元。

大年初五，杨林贵打算再耍几天，不行就转场到虎门去。这次，他们计划待到初春。我和曹福川打算这一天就回洛阳。回去之前，我们俩去了一趟佛山，见到了在那里打工的杨松。杨松在一家休闲美容中心当保安，一个月 800 元钱，而且他喜欢上了一个湖南妹子。这个女孩个子不高，但长得还不错，他还把这个湖南妹子叫出来，让我给他们俩照了张合影。杨宇前两天也开始在这里上班了。

晚上回到东莞，我们和杨林贵他们告别，准备坐晚上十点四十分的火车回洛阳。后来杨林贵打电话告诉我，在我们走后的第二天，当地保安把他们从临时的家里赶了出来。后来他们转到工棚对面的野地里搭起了棚子，没想到晚上治安大队又跑来警告他们，叫他们尽快离开。他们怕招惹麻烦，第二天就在东莞汽车站乘车赶往东坑镇。

2月24日，河南电视台国际频道要给我做一个关于耍猴人的电视片，希望其中有杨林贵的镜头。我给杨林贵打电话告知此事，但又不希望耽误他们在外赚钱，就让他考虑一下，结果杨林贵还是从东莞赶回来了。其实，他在镜头上出现的时间还不足一分钟。

我知道，经过这两年相处，杨林贵和我已经有了一定的感情，他不管走到哪里，总是不忘及时地给我打个电话，告诉我他的位置，以便我有需要时能很快赶到那里。

我和河南电视台的摄影师于25日上午赶到了杨林贵家，等他回来。25日中午，杨林贵他们到家了。一进门，杨林贵就先让妻子赶紧给几只猴子喂些冰糖水——冰糖水有清热的功效，经常给猴子饮用可以败火、不得病。

这次外出是他们赚钱最多的一次，每人分了3000多元。

会唱戏的猴子

2004年2月25日，杨林贵从广州回到家的当天下午，我们聚集在养猴人黄爱青的猴场，和他爱人养的小猴子一起玩耍。当时，村里另一个耍猴人张书阁也在黄爱青的猴场。张书阁快50岁了，外出耍猴也有22年了，除了西藏，中国大陆其他地区都去过，他还从阿拉山口去过俄罗斯境内。在新疆时，他曾配合剧组拍摄过电影《戴口罩的小狗》，在里面演一个耍猴人。张书阁是黄爱青的叔叔，黄爱青最初外出耍猴就是跟着张书阁学习的。交谈中，张书阁说他会唱当年耍猴时的戏词，于是就给我们唱了起来。其实这些猴戏的曲调都来自豫剧的唱腔，不同的是加上了新野方言的腔调。已经十几年了，这些词他还没有忘记。我突然想起在云南时，张首先跟我说起过去猴戏的情景，我就问张书阁家里是否还保存着演猴戏的道具。于是他跑回家，把这些道具和当时放道具的箱子都搬了过来。

看着这套"挑子"，我就想：他们外出赚的钱是不是藏在箱子里？我听张志忠说，从民国时期开始，耍猴人赚的钱

黄爱青的叔叔张书阁也是耍猴人，耍猴 22 年，足迹遍及祖国大江南北。

都是随身带回家的，外人根本不会知道他们的钱藏在哪里。藏在身上不安全，箱子里面肯定有玄机。

这口并不起眼的箱子，边长不会超过 40 厘米，里面放着猴戏衣服、帽子、面具。张书阁告诉我，里面其实还有个机关是用来藏钱的。耍猴人把这个藏钱的箱子叫"机器"，我把箱子翻过来倒过去，也没找出"机器"的特别之处。

原来，这个箱子里有很多机关：

一是"双底"，箱子底下能揭起来，里面可以放钱；

二是"双墙"，箱子的四面有的是两层，做得很巧妙，抽动里面的某块木板才能打开，外边看不出来；

三是扁担上的机关，扁担两头是空心的，可以打开后再

耍猴人赚的钱都是随身带回家的，这个箱子里有不少空的暗盒，可以藏钱。

没人能想到，一个个用来充饥的馒头里，竟藏着耍猴人的辛苦钱。

合上。耍狗的小车和猴子表演时用的犁也有机关,可以放钱。

最后,黄爱青打开箱子的盖子,有一个横栅,再里面是一个暗盒,这个箱子里有不少空的暗盒,可以藏钱。

1982年前后,村里耍猴人扒火车往西部走时,都要在河南三门峡编组站中转。有个施庵镇的耍猴人在编组站工作,但耍猴人都不认识他,耍猴人每次被警察抓住时,"机关"里的钱就很容易被搜走。这种情况一直持续了两年多,后来大家才知道真相,于是就不再使用这个方式藏钱了,而是把赚来的钱都蒸在馒头里。没人能想到,一个个用来充饥的馒头里,竟藏着他们的辛苦钱。

1994年前后,耍猴人开始把赚到的钱随时通过邮局或银行直接汇到家,延续多年的藏钱方法再也没有人使用了。警察抓住耍猴人的时候,通常只能从他们身上搜出汇票。

聊了好一会儿后,杨林贵从弟弟那里牵来一只会表演正戏的猴子。这只猴子估计有20岁,相当于人50岁的年纪。猴子和人一样,年纪大了,走路时就老弯着腰,站立时还用两只手撑着膝盖。杨林贵说:"这可能是村里唯一会穿戏服、戴面具、表演正戏的猴子了。我们出去耍猴都不带它,让它在家养老。"

猴戏有正戏、杂戏之分,以艺猴是否戴面具为区分。若要演正戏,就得让猴子戴上不同的面具,行话叫"啃脸子"。猴不能像人那样画脸谱,猴子是靠用嘴咬着面具后面的一根

杨林贵牵来一只会表演正戏的猴子，估计有 20 岁，相当于人 50 岁的年纪。

横棍把面具戴在脸上的，这就叫"啃脸子"。

　　下午五点十分，在落日的余晖中，张书阁牵着这只会"啃脸子"的猴子，在黄爱青的猴场外，敲起铜锣，唱起猴戏：

　　　　嘿……

　　　　小小毛猴出四川，出在四川峨眉山。

　　　　山又大来水又宽，树木琳琅没有边。

　　　　前山撵来后山赶，才把小猴赶下山。

　　　　赶下山来带河南，带到河南新野县。

　　　　先教立来后教站，教它跑马上刀山。

　　　　教它扶犁驾花船，然后教会了推箱把草帽戴。

演正戏的猴子，得戴上不同的面具。

大把戏教你三千六，小把戏教你六千三……

张书阁说："这是每次外出耍猴时的开场白，我们这样一唱，就会有很多人围过来看，然后再开始后面的猴戏表演。"这个开场是祖上一辈一辈传下来的，唱词没有什么改变。

张书阁把箱子摆好，又接着唱起来：

叫你戴上你戴上，包拯帽子戴头上。

推开柜子打开箱，你把文正装一装。（这时，猴子就走到箱子边，把帽子和包公的面具戴上了。）

包文正跪在地溜平，听着嫂娘把话明。

人家怀胎十个月，小奴才你怀胎三年整。生下来不像人模样，生下来不像人模样。你的娘就说不能要，你的父也说要不成。差定家郎买芦席，小小芦席捆三道，把你捆得紧紧绷，扔到城南沤麻坑。也是奴才你不该死，也是奴才你不该亡，三个藕叶把你捧，你第一声哭得惊天地，第二声哭得惊神灵，第三声哭得声高了，惊动了嫂娘不安生。

我顺着哭声往前找，顺着哭声往前迎，一迎迎到沤麻坑，我不顾深浅往下跳，浑身衣服全湿清，把小奴才抱回我府中。也是那一天三遍将你喂，三天九遍来解怀，将你养到七岁整，谁知你不会说话是个哑虫。南山里我请来名医生，才治好奴才你的哑病，你"嫂娘嫂娘"叫了几声。得知你放粮郴州行，我问你：铡我包勉为何情？

包文正"嫂娘嫂娘"叫几声：铡了包勉还有我，久后一日老了你，百年以后我送终，披披麻戴戴孝，摔一摔脑坎架架灵，痛痛哭你几百声。

一台猴戏至少要演六出正戏，猴子要先后戴六个面具。这六个面具是包公、老汉、老黄忠、杨六郎、姑娘、严嵩。一出戏一般是 20 分钟左右，六出戏演完大约要两个小时。

有时候也有戴 12 个脸，唱 12 段戏词的。艺猴口衔代表

艺猴表演用的各种面具。

不同角色的小面具，身穿相应的小戏服，饰演"包公""杨六郎""麻子张""关公""孙悟空""姑娘""老汉""猪八戒"等角色。

和正戏相比，杂戏就是"耍高跷""拉车子""狗猴犁地""走钢丝""骑羊过独木桥"等十余个不戴面具的节目。

姑娘唱词（两段）：

（一）推开柜，打开箱，你把姑娘装一装。姑娘女，女裙钗，手提篮儿走出来。快快跑，快快摇，前边不远奶子桥。奶子桥有个奶奶庙，姑嫂二人把香烧。嫂嫂烧香求儿女，小姑烧香早招郎。

（二）辕门外三声炮响如同雷震，天波府走出来我保国臣，头戴金冠压双鬓，当年的战袍我又穿在了身。帅字旗，空中飘，斗大的穆字震乾坤。上写着：浑天侯穆氏桂英。谁料想我五十三岁又管三军。大小将士你听我令，一路上公买要公卖，切莫要伤害老百姓。哪一个遵了我的令，大仗过后领功名，哪一个不遵我的令，离开插旗和大营。（第二段唱词基本和豫剧《穆桂英挂帅》里一样。）

老汉唱词：

老员外今年七十七，命里没儿仨闺女。仨闺女提名人人爱：大闺女寻个武状元，二闺女寻个当官的，三闺女寻个种田的。那一日老汉六十大寿到，三个闺女都到齐。大女婿坐着高头马，二女婿坐着八抬轿，三女婿家穷没啥坐，坐了个拐破老叫驴。老丈人出题请对诗（老丈人看不上种田的三女婿，和大女婿、二女婿、家郎、院公、婆子、丫鬟设计，不管三女婿说什么，大家都说"不是的"），对得是，请上席，好吃好喝吃大席；对得不是，坐下座，吃黑窝窝喝泔水。老汉出题很是奇，以"没毛会飞"作为题。大女婿说："丁丁没毛它会飞，刺刺棱棱飞天去，都说它是螳螂变的，不知道是的不是的？"老丈人和大女婿、二女婿、家郎、院公、婆子、丫鬟齐喝彩："是的是的。"二女婿说："知了没毛它会飞，刺刺棱棱飞天去，都说它是屎壳郎变的，不知道是的不是的？"老丈人和大女婿、二女婿、家郎、院公、婆子、丫鬟齐喝彩："是的是的。"三女婿一看事不好，心生一计道："老丈人没毛他会飞，刺刺棱棱飞天去，都说他是他爹的儿，不知道是的不是的？"大女婿、二女婿、家郎、院公、婆子、丫鬟齐"喝彩"："不是的不是的。"老丈人站起来大声说："是的是的，我怎么不是我爹生的，快快请三女婿上座。"

麻子张唱词：

打开柜，踢开箱，请出了前朝的麻子张。一人一马一杆枪，二郎担山赶太阳，三人哭活紫荆树，四马投唐小秦王，五郎出家在太行，镇守三关杨六郎，七郎死在法标上，八仙过海各逞强，九里山上活埋母，十里埋伏楚霸王，十一征东薛仁贵，十二刘秀走南阳，十三太保李存孝，十四铁枪王彦章，十五罗成打登州，十六十字坡开店孙二娘，十七临潼来斗室，十八清官八贤王，十九反了齐宣王，二十金定她下南唐，二十八宿闹葵阳，大葵阳守住蒋马武，小葵阳守住蒋刘刚，两个葵阳合一处，保着刘秀坐洛阳。

杨六郎唱词：

杨六郎跪在金殿上，面对八贤爷诉冤枉。大哥身替送枉死，二哥短剑一命亡，三哥马踏如泥烂，四哥流落在番邦，五哥怕死削了发，五台山上当和尚，七弟死在八角树，潘仁美乱箭穿胸膛，八弟失落在北国，单撇六郎杨延璟，匹马单枪镇边关。南里杀来南里战，北里乱来俺去平。我的贤爷呀，哪一战不上俺杨家将，哪一战没有俺杨家兵！小小毛猴你细思量，杨家四代守边疆，精忠报国美名扬！

孙悟空唱词：

南山里学艺三千年，十八般武艺都没学全，又来到河南省里新野县，大把戏学了三千六，小把戏又学会六千三，金箍大棒拿在手，火眼金睛认妖精，取经路上保唐僧，妖魔鬼怪全杀净。全国各地把戏耍，场场上场我不作难，哪一个看了都称赞，吴承恩看后来灵感，写下了世界名著《西游记》，那个家家传，那个家家传呀。

猪八戒唱词：

推开柜来，打开箱，你把那八戒装一装，猪八戒、猪悟能，西天路上称英雄。高老庄上有俺的门厅，高老庄有一个高员外，高员外有个闺女叫高翠萍，（白：高翠萍年方十八，有着闭月羞花之貌，沉鱼落雁之美，和猪八戒男欢女爱，一见钟情。）高老庄俺八戒抱不平，仗义除害人欢迎，高员外招赘俺当女婿。

关公唱词：

把军投我去到玄阳县，遇见了刘张在拜桃园，俺弟兄桃园里来结拜，乌牛祭地马祭天，许下了一活三在世，一人宾天三宾天啦呀。河北地有一个王铁匠，他与俺弟兄造兵权，与大哥造一对呀双股剑，与三弟造一对打将鞭，某家造定刀一口，青铜偃月神鬼寒。袁绍王他那里招兵汉，俺弟兄吃粮来当将官，温酒直把华雄斩，袁绍王他那里高看与俺。大破黄巾从此散，有某家遭困在土山啦呀，曹丞相差去了张文远，他顺说某家归中原，他赐我上马十两金我又不爱，十美女铺床叠被我又不贪。那一日，那一日西府里排开宴，小探子在吾上禀报一言，小探子在吾上忙禀见，他言讲颜良文丑前来骂关，我听说了一言皱眉间，我跨马提刀出了关，刀扎颜良马前死，剑刺文丑马后边。崔英丢来小书信，我大哥古城内呀把身安啦呀，回营去我辞曹曹又不愿，我保定君嫂哇出五关。出五关斩六员将，力劈秦熙黄河滩，后跟着蔡阳把某来赶，赶某家赶奔到古城前，张三弟助三通鼓，蔡阳的人头落马前，在城外我只把蔡阳来斩，俺弟兄古城内把身安啦呀。

在这些猴戏唱词中，只有《穆桂英挂帅》沿用了豫剧的唱词，其余都是把历史、故事以顺口溜的形式编出来的唱词，耍猴人演唱时用的是新野方言。

2004 年 3 月 23 日晚上八点半，杨林贵班子的七个人住在河北衡水一间民工废弃的房子里，晚上电闪雷鸣，下起了雨。这座破房子漏雨厉害，杨海成就摸着黑，上房顶堵漏雨的地方。由于石棉瓦的房顶很薄，杨海成一只手按空，从房上直接掉下来，摔在地上动弹不得，被杨林贵他们送进了衡水地区医院。大夫检查后确认锁骨摔断，让他赶紧住院。杨林贵他们一看这是个大医院，肯定住不起，就跟大夫说了实话，他们这些耍猴人住不起这昂贵的医院，想回到河南新野的县医院治疗。大夫也很同情他们这些耍猴人，就给杨海成做了简单的包扎固定，并嘱咐他们路上一定要小心，不能移动受伤的部位，以防断裂的骨头扎伤脖子上的血管。

杨林贵一行七人连夜坐上卧铺汽车往回赶，在新野县的医院给杨海成做了接骨手术。杨林贵说："出了这种意外谁也想不到，这次出门 20 天赚的 2000 元钱，最后都用在给杨海成治病上了。都是走江湖耍猴的兄弟，不管出了什么事都得大家一起承担，走江湖讲的就是个义气。"

麦收前的这段时间，耍猴人都不走远。大多数游走在河南境内的庙会集市上，一是准备收麦，二是这时期本地的天气不冷不热，猴子也愿意表演。等麦收后天气炎热了，猴子就不愿意表演了，他们就得开始往东北凉爽的地方走动。

6 月 18 日上午九点，我突然接到杨林贵打来的电话，说他们已经到了北京的丰台编组站，问我是否可以见见他们。当时我已经在中国国家地理杂志社工作，杂志社正在全力以赴地编辑《香格里拉》专辑，我手头的编辑工作很多。那一天我手头一个胶卷都没有，于是打电话给我的哥们儿周浩要了几个胶卷，并想让他开车跟我去丰台编组站拍一下杨林贵。周浩说他手头也不知道有没有 135 的反转片，因为他拍摄用的都是 120 的胶卷。周浩当时正好和从美国回来的网友、美籍华人"老贼"在一起，于是他们开车过来接我，一起赶往丰台编组站。

我们赶到丰台编组站时已将近十一点。杨林贵他们在路旁刚刚生火做完饭，前面已经有一班人马先赶往丰台编组站的发车场。从河南过来的时候，他们扒错了车，他们还得再往回走才能到丰台编组站发车场，在那里去扒开往东北的火车。前往编组站发车场还有三公里的路，北京6月的天气已经很热了，这样的天气人走起来都容易出汗，对怕热的猴子来说则更是不利。猴子本身就是身居密林的动物，在这样炎热的天气下，根本经受不住长时间的奔波，所以他们就走走歇歇，不时地给猴子喂水，以防它们中暑。

杨林贵搭班带的一只老猴子不愿意走，走上一段距离就开始耍赖，四脚朝天赖在地上不起来，最后还骑到了主人的背上，让主人驮着它走。在丰台编组站，铁路工人非常善意地对待他们这些走江湖的人，并告诉他们该坐什么轨道的列车。我在这里也没见到铁路警察的身影。杨林贵说："我们在这儿从没受到过无礼的盘查，到底是北京，这里的人好得很，不像有些编组站的人那么坏。"一行人在编组站外的枣树林里等到快两点，才看到第九轨道有辆机车头滑入——刚才铁路上的工人已告诉了他们，坐第九轨道的列车就可以到东北。下午两点，杨林贵他们一行五人离开了北京丰台，另外的两班艺人则躲在站外，等待开往内蒙古的列车。

2004 年 6 月 18 日，杨林贵他们在北京丰台编组站转车。他们一路上不时给猴子喂水，以防它们中暑。有只老猴子不愿意走路，骑到了主人的背上。

车头上"某局某段"的字样就是耍猴人的"路标"。

满洲里再见

2004 年 6 月 26 日，杂志社派我和同事出差到内蒙古呼伦贝尔市额尔古纳采访。27 日，我在前往海拉尔的火车上接到杨林贵的电话，说他们在牙克石市，距离海拉尔只有几十公里的路程，而且海拉尔也是他们这次要去的城市之一。于是我就和杨林贵约定，我们路过海拉尔时见上一面。2003 年要不是出现"非典"疫情，我就和杨林贵他们扒火车到内蒙古去了。

6 月 30 日上午，我从根河回到额尔古纳的当天，杨林贵给我打来电话，说他们已经到海拉尔两天了，和我约好下午四点在海拉尔的火车站见面。

额尔古纳距离海拉尔 120 多公里。在额尔古纳吃完午饭，我就往海拉尔赶。同行的额尔古纳朋友说，今年这里已经有两个月没有下雨了，草原上的草有些都旱死了，要是往年，这里的草会长得更好。在中原地区，6 月已经开始炎热了，而在海拉尔气温却只有 20 摄氏度左右，早晚在室外还能感到一丝寒意。

下午四点三十分，我到了海拉尔。和同事告别后，我在海拉尔火车站稍等了一会儿，杨林贵、杨林志便牵着猴子出现在我面前。这次他们四个人带六只猴子、一只小狗，分成两个班子，分别在不同的地方要猴。杨林志留在海拉尔火车站要猴，我和杨林贵、陈国强往市中心去。

　　跟着杨林贵刚走到兴安东路的一个加油站旁，我们就被一个坐在出租车上、老板模样的男人拦住，他说想看看猴子是怎么表演的，叫杨林贵在车旁给他要两下。说话当中，他给了杨林贵20元钱。杨林贵就站在出租车旁让猴子给他表演翻跟头，给老板送上祝福，并让猴子和坐在出租车上的老板握手，其中几个比较利索的动作逗得老板哈哈大笑。三五分钟就赚了20元钱，也算不错。在路上，杨林贵边走边说："我们要猴见到的老板多了，有一年在东北，一个老板一次就给了200元。那真是个大老板，看猴戏的时候，旁边有人给他搬凳子，站在身边伺候，喝水都由身边的人端过来，那真是气派。拉开皮包，里面100元的钞票一沓一沓的。"

　　在兴安东路黑玫瑰大酒店对面的人行道上，杨林贵又拉开场子。刚开始要了不到十分钟，一个30多岁的男人就站出来愤怒地指责他这样的表演是在虐待动物，让他们马上走人。无奈之下，杨林贵只好带着猴子离开。这些年他们遇到越来越多这样的情况。城里的人，尤其是饲养宠物的人，对这些要猴人的表演越来越反感。如今，人们的文化生活也不

2004年6月30日，内蒙古呼伦贝尔市海拉尔，杨林贵他们分成两个班子，在不同的地方耍猴。

杨林贵给一个老板模样的人耍猴，赚了 20 元钱。

像前些年那样简单无聊了，对动物也越来越有同情心，他们对于这种简单并带有虐待倾向的耍猴表演，已经不像以前那样单纯以看热闹的心态来对待。毕竟，城里人也不可能理解这些耍猴人的真实生活。

在额尔古纳的时候，我发现带的佳能-EOS-1V相机快门出了问题，拍摄的时候取景器里总有一个晃动遮挡的东西，当时我还不知道是快门的叶片脱落，于是继续拍摄了几个胶卷。在一次换胶卷的时候，我检查了一下相机的快门，才发现一组快门叶片中的一片有一侧从铆焊的地方脱落了，之前拍摄的图片肯定都有遮挡。这时候相机出现这样的问题让我感到十分沮丧，这就意味着我不能进行拍摄了。

这是我使用的第三台快门叶片脱落的相机。在2004年之前我使用的都是尼康相机。1996年买的90X相机在2000年第一次出现了快门故障，那时候还得寄到北京维修，周浩帮我拿去换了快门。2002年夏季，我正在河南郑州拍的时候，这台相机的快门又掉了。那几年我的拍摄速度是每年1000个胶卷，也许是使用频率太高的原因，两次换快门让我先后花去2400块钱。打那以后，我似乎得了"快门恐惧症"，不管用什么相机，每次换胶卷时都要看看后帘快门情况，拍摄时还要时不时地听听快门的声音。这次我也是在换胶卷的时候发现有一片快门叶片耷拉下来。在额尔古纳拍摄的时候，我就感觉快门有些不对劲，但是换了两次胶卷都没有发现——铆焊叶片的两个铆点掉了一个，所以在快门回位的时候不容易被发现。

那时候数码相机还没有普及，为了拍摄方便，我自己还带了一台富士120相机，但是只剩下一个120胶卷，在海拉尔这个小城市，我去哪里买120的专业反转片？没有办法，我只能给在北京的朋友周浩打电话。周浩的第一句话就是："嗨，你小子真行！我还没听说过哪个摄影师能用坏三台相机的快门，你是第一个。"电话里我抱着侥幸心理说："这台相机只是掉了一组叶片中的一叶，快门应该还能继续拍摄。"周浩回答："肯定不行，会出现遮挡或者漏光的情况。"这让我更加沮丧了。回来冲洗后，和周浩说的一样，相片中间有一条漏光造成的黑影。

没有胶卷，意味着后面没法跟拍。我跑了几家婚纱影楼，问有没有120胶卷，都说没有，一家影楼的员工告诉我一个摄影家协会活动的地方，我抱着试一试的心理找了过去。最后，总算找到了10个柯达WS120反转片，够我拍三天了。我每按一次快门，就计算一下还剩多少张，不是重要的画面我都不拍。还好，总算把这次海拉尔的跟拍完成了。其中有一张是杨林贵带着猴子坐在飞驰的车厢里往外观望的画面，我很喜欢。

7月1日，夜里的一场小雨使得这座被草原包围的城市有了些寒意。杨林贵他们就睡在货场旁一座铁路桥下，他们对寒冷已经习以为常了。一个路过这里的热心市民给他们送来了一些保暖的衣服。

小雨淅淅沥沥地下了一夜，这样的天气肯定无法外出耍猴。六点多，我从宾馆出来去找他们，他们四个人还都蜷曲在被窝里取暖，旁边的猴子也都抱成一团相互取暖。从这里路过的人不时停下来看看他们，也有好心人过来关心地询问，希望可以帮助他们。

七点多，杨林贵的堂哥杨林芳在周边找了一些柴火，开始在桥下生火做饭。锅里的水还没有烧开，突然从车站过来两个铁路警察，让他们赶紧把火熄灭，说是一会儿有一个铁路局的领导乘坐的专列要在此停靠，让他们等领导的车走后再烧火做饭。

八点十分左右，一列开往满洲里的客车在站台停靠。站上早已等候着的工作人员赶紧在一节卧铺车的门前铺上红地毯，车上一位领导模样的人下了车，和等候在车站上的人员一一握手。杨林贵一边看一边说："这主儿肯定是个大官，不会是副总理吧？"站在我身边的一个警察说："这是东北铁路局的一把手来视察工作。"杨林贵忍不住又说一声："不是副总理啊，那也至于摆这么大的谱？"警察看看杨林贵，对我说："我们的这位领导可牛了，前几天在视察车站工作时，当众给下级出了道题，结果一个倒霉的站长没有回答出来，他的下属却给回答出来了，我们这位领导当场就把他们俩的位置给换了。这种处理事情的方式，你说谁不怕他！"这时，杨林志在一边插了一句："要是给我一个官，我也能当。"这是我第二次听到杨林志说这样的话，上次是在安康车站被警察抓住的时候，他也当着警察说了这么一句，被杨林贵训斥了一顿。

等了约20分钟，这趟列车才开走，两个警察也随即离开，杨林芳才又开始生火做饭。

"下雨了，看来今天是耍不了猴了。"杨林贵决定让大伙儿吃完饭后分开行动，杨林志和杨林芳留在原地，他和陈国强去满洲里。杨林芳的饭还没有做好，我们就这样在桥下等待着，这时候我都开始觉得冷了。

在一旁看门的铁路工人看到我的装扮，就过来和我说话。知道我是记者后，他热情地把我拉进他的看门房里让我暖和一下。在跟拍杨林贵他们的这几年里，我遇到的好心人实在是太多了。杨林贵也常说："好人还是很多的。"

我在他的房里坐了一会儿，身上暖和了许多。交谈中，他对我说："基层的老百姓都生活得不容易，你能跟拍这些生活困难的人实属不易，一会儿我给你们问问有没有去满洲里的'篷车'，这样的天气，坐在'篷车'里不会被雨淋着，相对好受一些。"上午九点五十分，在这个好心的铁路工人的指引下，我跟着杨林贵、陈国强上了一列有门的"篷车"。

"篷车"是一种有顶的、可以关门封闭的车厢，有15米长，2.4米高，里面空间很大，坐在里面不用受风吹雨淋之苦。

杨林贵找了两块木板垫在身下,又铺上一些草,躺下
睡觉。三只猴子也抱在一起,缩成一团取暖。

这样的车大都是拉一些贵重的货物,外面的门可以锁上。杨
林贵他们把这种车称为"闷罐车"。一般情况下很难碰到这
种卸完货物开着门的"闷罐车"。有时候遇上一列都是关着
门的"闷罐车"时,耍猴人就只能爬到车顶上坐着。

开往满洲里的"闷罐车"走走停停,一路上下着雨。即
使坐在这样的"闷罐车"里,时间长了也会感到寒冷。十一点,
"闷罐车"临时停车,杨林贵下车去找了两块木板垫在身下,

坐在"闷罐车"里看外面的景色，如同在看一部流动的风光大片。

杨林贵曾经在"闷罐车"里被锁了四天四夜，险些饿死。以后坐"闷罐车"，天气再冷他也不把门关严。

又铺上一些草，躺下睡觉。三只猴子也抱在一起，缩成一团取暖。

坐在"闷罐车"里看外面的景色，如同在看一部流动的风光大片，各种镜头不停地切换，像蒙太奇般不断穿插闪过。下过雨的草原既湿润又绿意盎然，让人感到舒心。这条铁路通往中国和俄罗斯的边境，一路上过往的列车上标有俄文字母，都是一列列的油罐车和装满木材的车辆。

往北走，绿色越来越少，裸露的沙丘越来越多、越来越大，天气也越来越冷。我想把车门关上，这样车里就不会有那么大的风进来，可杨林贵不让，他说怕有人从外面把门给锁上。杨林贵曾经有一次坐在这样的"闷罐车"里去成都，因为怕冷就把门关上了，结果中途临时停车，铁路工人从外面把门锁上了。他们就这样在"闷罐车"里被锁了四天四夜，快被饿死了。最后在一个很小的停靠站，一个铁路工人听到他们在车里面的哭叫声，才把他们给解救出来。从那以后杨林贵坐"闷罐车"，天气再冷也不把门关严。

下午四点二十分，走走停停的列车终于到达满洲里的火车编组站。站里停满了装载着木材和化学原料的火车。这里是和俄罗斯接壤的铁路编组站，很多货物都来自俄罗斯境内。由于铁轨轨距不一样，两国的列车要在这里更换车轮。满洲里是连接中俄两国的重要铁路交通物资枢纽。

在编组站外，我拦下一辆出租车，和杨林贵他们坐车去了满洲里市区。在"闷罐车"里冻了六个多小时后，我们在市区找了家小餐馆。米饭上来后，杨林贵赶紧先分给三只猴子吃。

吃完饭稍事休息，杨林贵他们就拉着猴子开始选场子。当时的满洲里是一个很干净的边境城市，人口不多，有很多俄罗斯风格的建筑，做生意的俄罗斯人拉着大包小包在街上行走。"这里这么干净，在主要的街道上要猴肯定是不行的，一会儿就会有城管和警察过来干预。"杨林贵一边走一边和我说。我们最后来到了通河路的一个广场边。

这里是道路的交叉口，来往的人很多。"就在这里了。"杨林贵说着就放下要猴的家什。先放出猴子去和小狗打架，狗和猴子打架的叫声很快便引来了很多人围观。就这样，杨林贵的猴戏便拉开了场子。

杨林贵在里面要猴，陈国强在外面收钱。一些在满洲里做生意的俄罗斯人也在人群里面看杨林贵要猴。收钱的时候，他们会给一些俄罗斯的卢布。后来，杨林贵告诉我他们的卢布不值钱，一块钱卢布值不了人民币的三角钱。杨林贵他们收到卢布也不会拿去兑换，因为太少了，不值得去银行兑换。但人家给了也得要，人家是外国人，不要好像是看不起人家。我和杨林贵分别时，杨林贵把收到的卢布送给我作纪念。这一天，杨林贵一直要到晚上八点下起雨时才收场。

吃过饭，还下着雨，我不想让杨林贵他们露宿街头，准

一些在满洲里做生意的俄罗斯人也来看杨林贵耍猴。

备找个旅馆让他们和我住在一起。由于带着猴子，肯定不能去大的宾馆住，我们就找小的旅社。但跑了几家小旅社，人家看他们牵着猴子也不让住，于是我们就找这里的家庭旅馆。满洲里有很多家庭旅馆，但是人家也都不接纳他们这两个带猴子的人住。无奈之下，他们只好回到街头。最后，他们在市郊路口的一栋刚建好的楼房阳台下搭起地铺，露宿对他们来说是经常的事情。我就在附近的楼上找了一个家庭旅馆住下，以便他们有事的时候能及时赶到。

第二天一早，我就去找杨林贵他们。虽说已经过了八点，但他们还没起来。海拉尔的早上比较冷，路上的行人也很少。杨林贵和陈国强还在被窝里，就被路过的市民给围了起来，久居城市的人感觉到这些耍猴人很可怜，不时有人给他们出一些主意，告诉他们哪里人多好赚钱，哪里的小饭店比较便宜，等等。还有人给他们送来一些家里不穿的衣服和鞋子，不管多旧的东西，杨林贵他们都表示感谢并收下。

在一些热心人的指点下，我们在一条小街上找到一家便宜的小饭馆，吃了些油条和稀饭。杨林贵还专门给猴子买了几个馒头。饭后，我先到满洲里的中俄口岸去看了看，然后再回市区找他们。回来的时候我在街上遇到了另一班耍猴人，就问他们见没见到杨林贵，对方看我拿着相机，就直接问我是不是小马。我说是。我这几年常跟着杨林贵扒火车，常在鲍湾村、冀湾村里拍摄耍猴人，周围村子的耍猴人也都知道我了，跟着杨林贵称呼我小马。在他们的指引下，我在背街的一个角落里找到了杨林贵他们。我刚到没几分钟，一辆警车便开到了路边，下来的警察制止了杨林贵的表演，并准备把他们带上警车。我赶紧亮出自己的身份，上前和警察商量。警察客气地要求我跟他们一起到公安局去。

到了公安局门口，还没进门，我就听到里面一个警察说："咱们的动物园就三只猴子，干脆把这几只也送到动物园里吧。"我想，要是真把这三只猴子送到动物园，杨林贵家唯一值钱的东西可就没了。

在公安局二楼，我说明了我的身份，以及追踪拍摄杨林贵他们耍猴的经历。一位副局长在电话里请示上级之后，总算是给了我一个面子，但要求我把杨林贵他们带出市区，不能再让警察见到他们，如果再见到，就要没收杨林贵的猴子并送到动物园。在谢过这位副局长之后，我顺手把120相机里的最后一张胶片给拍了，想记录一下派出所内交涉的画面。警局里的光线比较弱，回来冲洗后才发现照片曝光不足。

我带着杨林贵他们从公安局出来后，就直奔满洲里汽车站。我给他们买好票，把他们送上开往海拉尔的汽车，看着汽车驶出车站后，我又赶到火车站买了回北京的车票。

这次外出和杨林贵搭班的有三个人：堂哥杨林芳、弟弟杨林志、同村陈国强。

杨林芳56岁，一辈子没有结婚，孤身一人，有一亩半地，是村里的五保户，每月有100多元补贴，就靠这点钱生活，跟着猴班子外出主要是管做饭。

陈国强和杨林贵是一个村的人，50岁，有20年耍猴经验，家有一个老母亲、两个儿子、两个孙女，有七亩地，种植小麦、大葱，家庭收入一般。

2004年7月17日晚上，杨林贵和杨林志、杨林芳、陈国强、杨保全五人从黑龙江大庆扒上开往内蒙古通辽的火车。18日到达通辽北站后，他们准备下车做些饭填饱肚子，往回走时被警察发现。杨林贵跑进玉米地藏了起来，其余四人被铁路警察带进了公安室。一般情况下，警察不会把他们关得太久，但这次不一样。在玉米地等了很久也不见伙伴被放出来，杨林贵心里着急了。正好地里有一个当地的农民在干活，杨林贵就给人家说了很多好话，让这个农民去帮他到公安室打听一下消息，这才知道，警察在他们身上搜罚款的钱，没搜到，于是决定拘留他们。因为猴子不能进拘留所，警察就把杨林志、杨林芳二人拘留了，让杨保全、陈国强二人牵着猴子回家。

7月23日，杨林贵在郑州给我打来电话，说杨林志和杨林芳要被拘留一个星期，他们身上只有200元钱，除了买些吃的，身上的钱只够买到北京的票，希望我能帮帮他们。

我告诉杨林贵尽管放心，他们到北京后我会给他们买回家的票，也不会让他们饿肚子。

25日上午，我接到杨林志的电话，说他们估计在上午十一点到北京南站。我由于工作繁忙，实在无法脱身，就让杨林志找个出租车，坐车到中关村南路。见面后，我给了他们一些路费，又给了出租车司机70元钱，让出租车把他们送到北京西站。他们乘当天的火车回老家。第二天中午，杨林志从南阳给我打来电话，说他们已经安全到家。

后来我才知道，这是杨林贵他们这些耍猴人最后一次扒火车。铁道部门下达了有关文件，以后对扒车人将从严处理，可以采取拘留的方式。这项规定使得这些耍猴人持续多年扒火车走江湖的历史从此结束。

佛山访亲

2004 年 12 月 13 日，我打算再次前往广州，去找在那边耍猴的杨林贵。此前杨林贵告诉我，他准备从广州一直耍到佛山去，看看在那里打工的儿子和女儿。我也想看看杨松不耍猴后生活发生了哪些变化。

15 日中午，我到达广州，在车站打了个出租车赶往广州天河区棠下小区，杨林贵他们在那里一边耍猴一边等我。棠下是一个河南人聚集的小区，开出租车的司机正好也是河南人，带着我一下子就找到了地方。我坐在车上就看见了正在路边耍猴的杨林贵。

河南南部的驻马店、信阳、周口等一些乡村里的人，在广州、厦门、福州当地以开出租车为生的很多，在当地已经形成一个打工群体。一个人在当地落脚之后，往往能带动整个村子的人外出从事这个行业，这样的打工方式在河南很普遍。

和杨林贵这次出来的还有堂哥杨林芳、弟弟杨林志、侄子杨海成三人，都是本家亲戚。他们在黑市花了 180 元买了

2004 年 12 月，杨林贵带着杨林志、杨林芳、杨海成来广州耍猴。

三辆自行车，这样能使活动范围更大。从 11 月 2 日到 12 月 15 日，他们已经赚了三四千块钱，收入还是不错的。

12 月 19 日，我一大早就从广州汽车站赶往佛山，再打车赶往罗村的一个文化公园。杨林贵他们也已经于 17 日开始骑车往佛山赶。

在佛山市罗村一个公园广场，我见到了杨松、杨宇兄妹俩。杨宇已经和年初刚来时大不一样，头发染成了棕黄色，穿着也很新潮。她见到在场子里灰头土脸耍猴的父亲，很是心疼，看到围观的人像看热闹似的看着父亲的时候，她感到揪心，甚至感到有些羞愧。我拍照片时，她总是躲避我的镜头。她既为父亲的艰辛感到痛心，又为父亲的职业感到伤感。

她其实不愿意让父亲再这样像猴子一样被人围观，被人当成下等人看待。

在佛山我还见到了之前一起扒车去成都耍猴的戈群友，他也在佛山找了一个工作，戈群友说他以后不会再走江湖耍猴了。

中午我们找了个路边的小店吃饭，杨宇看到父亲手上被猴子咬出的伤痕，就赶紧买来创伤药给父亲敷上，还不时给父亲按摩双腿。

杨林贵的儿子杨松还在那家美容休闲院当保安，自然比在外面耍猴要轻松得多。杨宇刚来的时候也在这家美容院当服务员，后来杨松怕妹妹在这样的场合里沾染上不好的习惯，就给她找了个饭店服务员的工作。

我问杨松，那个和他一起打工，被他称为"最美的女孩"的湖南妹子怎么样了。杨松有些不是滋味地说："你上次走后没过半年，河南驻马店的一个小伙子就把这个湘妹子娶回家当了媳妇。"

2005年5月，麦收时节，外出耍猴100多天后，杨林贵回到家里。这次外出，他们一共赚了3000多元。这一年，他家收获小麦3000多斤，这年小麦是六角五分钱一斤。乡里搞合作医疗，要每家交3000多元，交完打张白条，说是随后就还，但至今乡政府也没有兑现。

这一年，杨林志承包了30亩土地，今后再也不跟着哥

杨宇给父亲手上的伤口敷药。

2005 年，杨林贵牵着猴子从外地回来干农活。

哥外出耍猴了。

　　2005 年的 9 月 18 日，杨松突然回到家里。秋收完了之后，他又开始跟着父亲外出耍猴。我问他为什么不干保安，又开始跟着父亲走江湖时，他的回答很简单："打工太受约束，耍猴更自由一些。"

耍猴人娶妻

2006 年元旦，杨林贵给我打电话，说儿子要结婚了，婚礼定在 2 月 19 日，农历的正月二十二，是杨林贵找算命先生算好的黄道吉日，希望我能去参加婚礼。

2 月 16 日，我带着给杨松的结婚礼物，请假从北京赶往新野，参加他的婚礼。

儿子结婚是家里第一大事，并且儿子从小跟着自己外出耍猴，所以杨林贵一心想把婚礼办得隆重些。

新娘是邻村的一位姑娘，名叫何平，1984 年 1 月 28 日出生。杨松的婚事很快就定下来了，从找媒人提亲到订婚只用了两个月的时间。这种相亲、结婚的形式在中国乡村延续了千年之久，夫妻之间的感情培养更多是在结婚之后，也许命中注定的某些东西会在婚后出现，会在婚后解决，会在婚后延续，会在婚后完结。用杨林贵的话说："这都是命，有些事情当时是看不到后果的。"

2 月 16 日下午四点多，杨林贵骑摩托车带着杨松去上坟——儿子要结婚成家了，按照风俗要去和祖辈的亲人打个

2006年2月16日，杨林贵带着即将结婚的杨松去上坟，还牵上了家里一只3岁的猴子。

杨林贵和妻子贺群坐在毛主席像前，接受一对新人的礼拜。

杨松的婚礼在村里算是非常隆重了。

报纸杂志上有杨林贵耍猴的报道，老杨是村里的"耍猴名人"。

招呼。上坟的时候，杨林贵牵上家里一只3岁的猴子，说："猴子到祖上坟地，取意辈辈封侯，愿咱这个家庭越来越好。"

杨林贵的儿子结婚，在村里也是一件大事，很多人都来帮忙。杨林贵在耍猴方面也算得上村里的一个名人了，他还担任了村里猴艺协会的理事。杨林贵家的院子里架起了大锅，杀猪宰鸡，蒸煮烹炸，满院子的人都在忙碌。

杨林贵吩咐杨海成等人在院子中间搭建了一个结婚礼台，上面挂着毛主席的像，摆上贡品，第二天的婚礼就在毛主席的瞩目下举行。

我走过中国很多乡村，在其中很多地方，像杨林贵这般年纪的农民大都对毛泽东怀有深厚的感情，很多农民的家里至今还挂着毛泽东像，越是落后的地区，对毛泽东的崇拜心理越强烈。年轻人虽然对毛泽东了解不太多，感情不是太深，但是父辈对毛泽东的感情也在影响着他们。

杨松的婚礼在村里算是非常隆重了。因为一些报纸杂志上都有杨林贵耍猴的报道，他成了"耍猴名人"，村主任、支部书记，还有乡里的领导也都赶来参加他儿子的婚礼。

新娘接到家，杨林贵和妻子贺群坐在毛主席像前，接受一对新人的礼拜。新娘子坐床的时候，杨林贵从外面牵来一只小猴，放在新人跟前，寓意是让他们俩早生贵子。

结婚三天后，杨松就跟着父亲外出耍猴，一直到5月麦收才回来。

2007年1月8日，杨宇结婚。女儿原想在外面找个对象，但杨林贵和妻子坚决不同意。杨林贵说，女儿嫁得太远，万一有不顺心的事，和女婿拌个嘴，娘家人离那么远也帮不上，那时候只能自己受委屈。最后她在父母的安排下，嫁给了本村的一个男青年。

这期间，由于婚前相互了解较少，杨松的婚姻开始出现一些问题。

4月，何平怀孕期间，杨林贵在集市上买回来一些猪肉。考虑到儿媳妇怀孕，就把一些瘦肉切下来，单独炒给儿媳妇吃，肥肉留给自己吃。后来儿媳妇把没有吃完的瘦肉喂了狗。习惯节俭的杨林贵把此事告诉了儿子，儿子和媳妇发生了前所未有的冲突。儿媳妇连着骂了杨松几天，在忍无可忍的情况下，贺群扇了儿媳妇一耳光，这一下就把儿媳妇打回了娘家。这件事后来经过两家人调解，总算过去了，但婚姻已经出现了明显的裂痕。

2007年9月底，何平生下一个女儿。

2008年2月，刚过完年，杨林贵给我打电话，说他不想再耍猴了，想找些别的事干。儿媳妇也坚决不让杨松再跟着他外出耍猴，说很丢人。3月，杨松和媳妇去广东打工，把不满周岁的孩子留给贺群带。

2008年3月21日，我在河南新郑市姚家寨见到杨林贵，他还在街头耍猴。杨林贵说："我感到这几年体力越来越不行了，耍猴一天下来很累，想回家也办个家庭猕猴养殖场。毕竟自己越来越老了，终究有一天不能再出来走江湖耍猴了。"

杨松和媳妇在佛山打工时，矛盾越来越严重。2010年5月24日，杨松和何平协议离婚，离婚后杨松又去了广东佛山打工。2010年12月30日，离婚后不到一年，杨松又把一个湖南姑娘娶回了家。这个女孩叫曾腊香，1990年12月出生，她是在广州新塘镇打工时和杨松在QQ上认识的。8月，杨松就跟着去了女孩的老家。曾腊香家只有父亲一人，她一岁时母亲再次怀孕，由于要躲避计划生育政策，母亲回到了老家贵州生孩子，没想到母亲生完孩子就再也没有回来，父亲从此就也没再结婚，一个人打工生活。

曾腊香从小就跟着叔叔长大，她能接受杨松有过婚史，也能接受杨松的女儿。她父亲对杨松也很是满意，亲事就这样定了下来。

为了了解女方家的环境，杨林贵外出耍猴时还专门去了一趟曾腊香的老家。杨林贵说："那里是丘陵，农业生产还不如我们这里，看完后我就放心了。"

结婚前一天，杨松带着曾腊香去沙堰镇的照相馆拍了结婚照。曾腊香只身跟着杨松回来，结婚的大事就由杨林贵家单独操办了。

31日一大早，杨松就带着曾腊香去镇上一家美发厅做

老杨说自己越来越老了，耍猴一天下来很累。

2010 年 12 月 30 日，杨松第二次结婚，这次婚姻给家里带来了新成员。

新娘子头发。杨林贵交代儿子，这次接新娘的车一定要从村子的东面进村，这样象征着朝气，吉利。

2011 年 6 月，曾腊香生下一个男孩。这下杨林贵家是孙子、孙女双全了。

杨锦麟和凤凰卫视的关注

2009 年 12 月 25 日，我和凤凰卫视的杨锦麟老师及摄制组一道赶往江西余干县，拍摄在那边耍猴的杨林贵。

11 月 22 日，杨林贵一行四人从家里出发，坐车到湖北，从黄石、武穴一路到了江西，途经景德镇市、彭泽县、乐平市，于 12 月 24 日下午到了余干县。

那一年南方异常寒冷。我们赶到余干县时已经是下午四点多了，风雨交加。我和摄制组在余干汽车站附近见到了杨林贵他们。这里是城乡接合部，四周村里都在建造新房，有些楼房建了四五层高。

杨林贵他们在一栋还没有建好的七层楼内暂时栖身，这栋临街建筑是一户私人房产，楼上的几层建筑基本上都已盖好，临街一侧已经安装上了拉闸门，但后面没有安装门窗，房子前后是透气的，只能挡点风，根本谈不上保暖。杨林贵他们躲在空旷房屋里的一角生火取暖。

这次还是杨林贵掌班。在从湖口赶往景德镇的路上，一只猴子突发脑炎，倒在地上。路上没有兽医站，杨林贵给猴

2009 年 12 月，杨林贵他们来到江西余干县。我和凤凰卫视的杨锦麟老师及摄制组一道赶往当地拍摄。

子做了心脏按压，但还是没能救过来，仅仅 20 分钟，猴子就死了。这只猴子还是杨林贵他们跟村里另外一个耍猴人借的。

因为耍猴表演需要猴子之间的相互搭配，相互借猴子也是耍猴人之间常有的事情。按照江湖规矩，借猴子时就要把价格谈好，以防止猴子发生意外后对方漫天要价。当时双方谈好的是 5000 元，这意味着杨林贵他们这次外出赚的钱全都得赔给人家。

这次和杨林贵搭班的是戈保提、鲍开进、孙茂谦。我一见到戈保提，他就跟我说："你还认识我吗？"他这么一问，我愣住了，还真记不起来在哪里见过他。戈保提说："2001年 6 月，我和戈洪兴在洛阳准备扒火车的时候，就是你找到我们问耍猴人的事情，当时我和戈洪兴在一起。"听他这么一说，我才想起来八年前的那一幕。如果那时候找到了戈洪兴，我这些耍猴人故事的主角可能就不是杨林贵了。

12 月 26 日，天气阴沉，还好没有再下雨，这样杨林贵的班子就可以外出耍猴了。我们跟着杨林贵他们到了县城的一个街口。余干县城周边正在兴建各种楼盘，不过城里面还是有些有特色的古街。一路上，一些人跟着我们看猴子。

杨林贵他们在一个 T 字形街口拉开场子，他和鲍开进两人轮流耍猴。由于在景德镇死了一只猴子，鲍开进的猴子只剩下两只，耍起来不是很顺手。两只猴子的搭配很不协调，这样收入就主要靠杨林贵这三只猴子的表演。表演久了猴子也想休息，不时对着杨林贵和观众大发脾气。杨林贵说："天气冷，猴子也不愿意表演。"

为了能让猴子休息，杨林贵下场后给三只猴子买了一穗玉米。有个三四岁的小女孩来给猴子送钱，杨林贵让猴子去接。女孩一看猴子可爱，就想和猴子握手，这时猴子突然发起脾气，把女孩的食指放进嘴里咬了一下。小女孩被咬得叫起来，食指被咬出一个牙签一样宽的口子。女孩当时就给吓哭了，她的家人看我跟着杨林贵他们拍摄，就问我："被猴子咬伤会不会感染狂犬病毒？"我说："为了安全起见，还是得去医院。"杨林贵向他们道歉。由于伤口很小，只是把孩子给吓着了，这家人没有追究杨林贵的责任。

这一天杨林贵他们换了三个场子，赚了200元钱，还算不错。他们花20元钱买了一些挂面和青菜。晚饭又是白水煮挂面，放些盐和青菜。杨林贵说："出门在外，我们和猴子吃的是一样的饭，猴子不能吃荤腥，我们就一起吃素的，算是同甘共苦了。"

12月27日，下起了大雪，这样的天气根本不可能外出耍猴，临时居住的楼里也很冷。几只猴子都抱在一起取暖，根本就不愿意活动，也不愿意走路。杨林贵就把猴子背在肩上。

十点多的时候，大雪逐渐变成了雨夹雪，杨林贵的三个伙伴都躲在被子里不愿意出来。杨林贵在屋外的地里找了些干树枝生火取暖。他们商量了一下，决定去邮局把这几天赚

表演久了猴子也想休息，不时对着杨林贵和观众大发脾气。

猴子突然发起脾气，把女孩的食指放进嘴里咬了一下。

12 月 27 日，下起了大雪，几只猴子都不愿意走路，杨林贵就把猴子背在肩上。

到的 1000 元钱汇回家。

中午，雨雪停了，地上湿漉漉的。到了下午三点还是很寒冷，但杨林贵决定出去耍两场，看看能不能赚到今天的饭钱，于是我们跟着杨林贵抱着出去试试的心态走进了城区。

下午四点二十分，还是在昨天耍猴的那个 T 字路口，刚拉开场子，一个清洁工就过来干涉，在杨林贵保证耍完猴后打扫干净的前提下，他才得到许可在这里耍猴。

下午四点五十分，由于天气寒冷，看猴戏的人也不多，杨林贵就收场不干了。这一场耍下来只收入了 20 多元。

在余干县三天也就赚了 200 多元，杨林贵他们决定离开，去鹰潭看看。走江湖的规则是不恋栈，一看不行就赶紧走，哪个地方收入好就在哪儿多待几天。

临别时，杨锦麟老师问了他们每个人的愿望。

杨林贵说："因为有一只猴子死了，希望天气好一些，多干几天，把经济损失给补回来。"

戈保提说："希望能赚些钱回家过年。"

鲍开进说："希望能赚到钱回家供孩子们读书。"

孙茂谦说："我想多赚俩钱。"

戈保提 18 岁就开始跟着哥哥一起外出耍猴，家里有一儿一女。他家种有六亩田地，每年收获的花生有 1000 斤左右，除留下 50 斤种子外，其余全部卖掉能收入 3000 多元，收获的小麦有 2000 斤左右，全部留作自己的口粮。他家还种有两亩大葱，每年能收入 3600 多元。外出耍猴一季度能赚 3000 多元，一年下来能赚 6000 元～ 8000 元。相对来说，耍猴比种地的收入多一些。

鲍开进 51 岁，20 岁开始外出耍猴。他家种有五亩田地，家中有一儿一女，大女儿已经出嫁，儿子在南阳一中上学，老婆在村里给人家打零工。

孙茂谦 48 岁，孙庄村人。他家有七亩土地，主要种植小麦、棉花、玉米。家中有一儿一女，大女儿在湖北十堰市上医科大学，小儿子在上中学。因为要供养两个孩子上学，家中的生活很节俭，外出耍猴的收入是孩子上学的主要经济来源。

九点二十分，杨林贵他们登上开往鹰潭的长途汽车，继续赶往下一站。行走才是他们的生活。

杨林贵这次外出遇到了两个人，与他们的交谈让他感触很深。

在湖北，一个穿着得体的公务员对杨林贵说："你干点什么不好，非要干这下三流的事。"杨林贵回答："我想当官，我知道我不会当，但是我肯定不会当贪官。"

在景德镇，一个 16 岁的女孩看完猴戏，对他说："老爷爷，你这一生给多少人带来了快乐啊！"杨林贵听后，那天一路上都很开心。

再见戈洪兴

在江西余干见到戈保提时，我又想起了戈洪兴，就是在洛阳东站的那次见面，让我深入到这个耍猴人的村庄达九年之久。这些年他过得怎样了？是否还在耍猴呢？我想，该见见他了。

2010年10月7日，我再次去村里拍摄，戈保提帮我联系到了戈洪兴。戈保提是杨林贵的外甥女婿，和戈洪兴是叔侄关系。

下午四点，戈保提、杨林贵带着我来到戈洪兴家。到门口一看，房子没变——我想起2002年来找他时他老婆锁门的场景。

戈洪兴见到我就满脸笑容，从2001年我们在洛阳东站见面算起，到现在已经九年了。他早就听说了我在村子这些年的采访。他住的冀湾村和杨林贵住的鲍湾村就隔着一条路，走路到杨林贵家也就十分钟。

戈洪兴告诉我："2002年你来村里找我时我就在家，不见你的原因还是怕出事，以为你们是动物保护协会的。我老婆还以为我在外面犯了什么法，你们找到门口时她吓得赶紧

2010 年 10 月 7 日，距离第一次见面九年后，我再次见到了戈洪兴。

锁上门。那些年来村里找事的部门太多了，我们走江湖的人就怕遇到事，不管在家里还是在外面，遇事都是躲着为好。当时你们两个人拿着相机在村里找我时，就有人过来报信了，我就躲了起来，实在是对不起了啊。"

戈洪兴1962年出生，初中毕业，耍猴是跟着于湾村的表哥学的。在他孩子3岁的时候，戈洪兴就和这个表哥一起外出耍猴，当时他们花120元钱买了一只猴子，和村里其他有猴子的人搭班外出耍猴。

1998年，戈洪兴带着两班人马在成都耍猴。临近春节，天气很冷，他们一行八人正躲在路边废弃的房子里做饭，突然来了一个身着貂皮大衣的女人，问他们谁是领班的。一行人都指着戈洪兴，这个女人拿出一沓10元的钞票，给他们每人发了两张，说："我就想做些好事，帮助一下你们，让你们买些东西过年。"他们正是没钱的时候，真正感觉到了什么是"雪中送炭"。

我在洛阳东站遇到他的那一年，戈洪兴他们在辽宁锦州的黑山编组站耍猴。耍到中午时，他们口干舌燥，戈洪兴就拉着猴子去一个西瓜摊上买西瓜，正好有一个老太太带着孙子也在买西瓜。孩子对猴子很是好奇，在挑逗当中，猴子把孩子的手给咬伤了。在戈洪兴他们看来不过是一个牙印伤，但是老太太打电话叫来家人，带着笼子准备把猴子抓走。戈洪兴一看形势不妙，就跟着人家把孩子送到医院，三个耍猴人中有一个被扣押在医院，其他两人出去筹钱。戈洪兴把身上的钱都拿出来，也就 1000 多元，可人家还是不愿意，让他们再拿 2000 元来。

戈洪兴耍了个计谋，他给家里发了个电报，让家里人凑钱寄过来。家里人收到电报后，给老太太家人回电报，说钱已经汇去。老太太的家人对他们的看管放松了，他们便趁机逃脱了。

戈洪兴还对我说："洛阳的关林编组站是我们耍猴人最难过的一个关口，每次我们南下扒车都要在那里换乘，那里的保安特别喜欢抓我们这些耍猴人，只要被他们发现，就别想逃脱。有一次为了抓我们，几个保安追到一个村里，把我们带回关林车站公安室。我们的被子和衣服的每个角落都被他们用手捏了一遍，说不搜出点钱来不会放我们走。没办法，后来我就故意在一些衣服、被子的角落里放上一些钱，让他们搜到，把更多的钱放在另外一个隐秘的地方，这也是被他们逼出来的小聪明。"

戈洪兴的儿子和女儿都在外地打工，他和老婆在家种植了十亩大葱，照顾着孙子、孙女和一只猴子。戈洪兴说："猴子这东西通人性，人得凭良心对待它。"

戈洪兴和表哥最初花 120 元买的那只猴子，他们一直把它养到死都没有卖，猴子死的时候，表哥还哭了一场。

最后的耍猴人

养猴人黄爱青

在 20 世纪 80 年代，耍猴和现在不一样。那时的猴子会戴上面具，会随着耍猴人的唱词表演戏剧。一套戏演下来，猴子要戴九种不同的脸谱和帽子，很多耍猴人还会给猴子穿上不同的戏服。那时的猴戏表演，其艺术成分更多。20 年来，猴戏里的这些艺术成分逐渐被抛弃，只剩下人和猴子之间的打闹。

现在新野的村镇里，比较有文化的耍猴人已经很少有了，黄爱青就是其中之一。

最初见到黄爱青，是在 2002 年 10 月，那是我第一次进村寻找戈洪兴时。当时黄爱青夫妇在自己家里给猴子做繁殖。他家里有七八只一岁左右的小猴子，满院子玩耍，见到我这个生人，都躲到黄爱青的爱人焦新珍身上。

焦新珍也是养猴能人，是黄爱青的得力助手。家里的小猴见到她，就像见到了母亲一样，一个劲儿和她亲热。那时，养殖的小猴们还都在吃奶，焦新珍每天都要定时给它们喂奶，小猴子们一见到她拿着奶瓶出现，都很亲热地

焦新珍和小猴在一起。

黄爱青的女儿、儿子都和家里的猴子成了好朋友。

爬到她的身上，先和她亲吻，然后吃奶，那情形让人感觉像是小孩依偎着妈妈。

焦新珍告诉我，夜里睡觉时，经常有一些小猴子钻到她被窝里拱她的奶，自己的孩子们看到都感到好笑。黄爱青的女儿、儿子都和家里的猴子成了好朋友。有一只小猴就时常和他儿子一起睡，这只小猴从小到大只听小主人的话，其他人的话一概不听。不管是爬到树上还是跑到院子外，只要小主人叫，它就会乖乖地回来。

黄爱青5岁时父亲就去世了，他的耍猴技艺是跟着本家叔叔学的。20世纪80年代初，黄爱青和村里其他人一样外出耍猴卖艺。我和他认识的这一年，他第一次没有外出耍猴，转而在家开始做猴子的繁殖与饲养工作。

黄爱青跟我讲了他亲身经历的故事：

1982年以后，这一带的耍猴人越来越多。天热时，大家都扒火车往北方走，到河北石家庄后还一起住。最多的时候，有十几个班子出去耍猴。白天，大家牵着各自的猴子出去表演赚钱，晚上回到住地。每个猴班子都得轮流留下一个看家的，每天留三四个人在家做饭，有时候还会留下几只猴子在家。

1989年夏天，有一个跟着我们外出的"看挑人"想学耍猴，趁没人的时候，他就自己牵着猴子练一练。

黄爱青的爱人焦新珍也是养猴能人，家里的小猴见到她，就像见到了母亲一样。

黄爱青的女儿看着父亲训练猴子骑车。

有一天，有人在看他练，于是他就把猴子牵到路边耍给人家看。因为这些"看挑人"是跟着打工的，都不能算是什么耍猴"把式"，他们耍猴的"活儿"都是次品。这个"看挑人"在耍猴时，猴子还把看戏的人给咬伤了。

当时我们正在街上耍猴、打场子，听到这消息便马上赶回去。被咬伤的看客让我们想办法治疗和赔偿。当时我们也没办法，不知道人家要多少钱，都在那里不作声。被咬的人看我们都不吭声，很是恼火，而且一看我们这个临时的家里乱七八糟，什么值钱的东西都没有，又不能把我们怎么样，于是便报警了。一会儿警车来了，十几只猴子都在那里，具体是哪只猴子咬伤人的已经分不清了。于是警察就让我们排队站在那里，让被咬的人辨认，那时候谁都不愿意站出来承认是自己的猴子咬了人。

最后我站出来负责，派出所把我和另外一个耍猴人押往派出所。一到派出所，那边的人就开始搜我们的口袋，看看有没有钱，那时候我们刚到石家庄，还没演几场猴戏，身上都没什么钱。搜查后，实在没找着什么钱，就把我们俩关了起来，还让在外面的耍猴人每天出去耍猴赚钱，晚上把钱交给派出所，派出所再把钱赔给被咬的人。在外面耍猴的这些人每天晚上回来，尽量都把小钱集中起来吃饭用，大钱全部上交给派出所。

我们俩在那里被关了五天，那罪真不好受。刚进拘留所的时候，他们把我分进号子里面挨揍。我进去的时候，拘留所里一个年纪较大的男人站在里面，我想他就是牢头。大概是我个子小的缘故，他看都没有看我，一挥手，我就进去了。轮到我的同乡进号子的时候，大概是他长得胖、个子大的缘故，引起了牢头的注意。他进去的时候，牢头向他伸出五个手指，他不识数，也不明白人家伸手是啥意思，没怎么在意就进去了，这等于不给人家面子，威胁到牢头的威望了。牢头手向下一挥，说了一声："咔！"于是牢房里的人一下子都起来，把他揍了一顿，连睡觉的地方也不给他，夜里也让他站着。

我们被关进去的第三天，外面耍猴的人想办法给我们送烟，我们用了几包烟拉拢几个牢房里的人。后来外面的人又送了点肉进来，我们又拉拢了两个人，并且把牢头贿赂住，在拘留所里才好受了一些。等外面的人把钱给够了，我们俩才从拘留所出来。

在他们外出耍猴时，猴子咬人的事情经常发生。

2011 年 3 月 18 日，耍猴人万文章带着他的三只猴子在苏州乘坐公交车，猴子把一个 70 多岁的老太太给咬伤了。

老太太报了警。警察来后，把老万带到了派出所。老人也被送到了医院治疗，注射了狂犬疫苗。虽然老万身上带有新野县林业部门开具的野生动物驯养繁殖许可证，但是警方以他"违法运输珍稀动物"为由，把老万的四只猴子没收了。

四只猴子对老万来说意味着两万多元的家财。为家里赚钱的牲口没有了，这是一笔不小的损失。黄爱青说："当时新野县猴艺协会的张俊然会长给我打来电话，希望我能从中协调解决此事，给万文章挽回一些经济损失。我通过苏州林业部门的朋友了解这件事情，但是此事在当地已经结案，没收的四只猴子已经安置在苏州动物园，没有要回来。"

黄爱青耍猴耍了差不多19年。2002年，他是村里唯一没有外出卖艺的耍猴人，他准备以后和妻子一起做猴子的繁殖饲养，这样比耍猴卖艺赚钱，他感觉到，以后靠耍猴卖艺来维持生活是越来越难了。

公猴子6岁左右性成熟，母猴子大多在4岁左右开始来月经，月经后的9天～13天是最佳受孕期，这和人的排卵期有些接近。母猴怀孕165天左右，小猴便出生了。一般情况下，小猴和母猴一起生活半年后就可以分开饲养了。猴子本来一年繁殖一胎，但老黄在小猴哺乳期时采用人工喂养，使得母猴缩短了再次怀孕的时间，增加了繁殖频率。2003年，一只两三岁的小猴可以卖2000多元，远比外出耍猴卖艺赚

村里的耍猴人都喜欢在茶里加上冰糖，猴子也喜欢喝这样的茶水。

狗跟猴子干架，吃亏的总是狗。

钱。黄爱青还想自己办一个养猴场，扩大饲养规模，给一些科研单位提供试验用的猴子，以养猴作为自己今后的产业支柱。现在看来，黄爱青当时还是很有眼光的。

我和黄爱青在院子里喝茶聊天时，在院子里玩耍的猴子也不时地过来喝桌子上的茶水。村里的耍猴人都喜欢在茶里加上冰糖，说这样可以去火，久而久之，猴子也喜欢喝这样的茶水。猴子还喜欢喝板蓝根冲剂。黄爱青的女儿黄梦霜放学回来，进门后没有理会拴在门口的小猴，那只猴子就叽叽哇哇叫个不停，直到黄梦霜从屋里出来，蹲在它面前，抚摸着它，说一会儿话，猴子才不再叫了。

老黄告诉我，猴子和他们像家人一样，你回来不理它都不行，它会嚷嚷着向你邀宠，就像自己的孩子一样。用他们的行话讲，便是"猴为跟头，狗为皮子"。猴子可是一个霸道的牲口，它知道主人对它好，就欺负家里的狗。狗肯定能咬过猴子，可猴子咬狗，狗却不敢还口。狗要是欺负了猴子，猴子就会在院子里叫个不停，直到主人把狗揍一顿，它才会罢休，满意地钻到主人怀里撒娇。时间长了，家里的狗都明白，它们不能欺负猴子。

从耍猴人到猴老板

2003年1月12日，我和杨林贵他们一起从达州扒火车回到村里时，得知黄爱青把张云尧的猴场给买了下来，又投入了17万元资金，在乡政府的支持下，把猴场扩大到20亩地的规模，成立了一个猕猴驯养繁殖中心。黄爱青和焦新珍不仅在养猴上有一套，而且在驯猴上也有一套。从达州回来，我去看黄爱青的时候，他正在场里驯猴。

驯化要从猴子一岁多时开始。猴子和人一样，有性格温顺的，有脾气暴躁的。对性格温顺的猴子，只要和它建立感情就好驯化，比如经常给它挠痒、洗脸、摸头，就能培养出感情；对脾气暴躁的猴子，就要以恶治恶，先杀其威风，再加以驯化。

黄爱青的儿子黄超从小养的一只猴子性格就很温顺，根本不用拴绳子，黄超走到哪里它就跟到哪里，吃睡也在一起。

黄爱青选猴的标准是：猴子的四肢没有残疾，没有变形，站姿要好，脾气禀性不能恶劣。

驯猴的第一步是"提腰"，就是训练猴子的站姿。因为

黄爱青的猴场一直在扩张，现在已经发展成猕猴驯养繁殖中心。

猴子大多数时候都在爬行，要想今后能表演，猴子必须要长久站立。训练站姿的方法是经常牵着猴子站立行走，或者把猴子拴在墙上，使它的上肢不能着地。每天都在前一天的基础上延长一点靠墙站立的时间，让猴子的腿部力量逐渐增加。还有一种方法是用十字架把猴子的上肢绑上，使得猴子必须站立。日复一日地训练，能使猴子腿部的肌肉更有力量。

给猴子穿衣戴帽的训练更具难度。强行给猴子穿上衣服，它会很不习惯，经常把衣服撕烂。这时候就要软硬结合，鞭子加糖块——遇到泼皮的猴子，不使用鞭子它是不会听话的，当然还得有食物的诱惑。

猴子习惯了穿衣服后，接下来的训练就会好很多，戴什

驯猴的第一步是"提腰"，就是训练猴子的站姿。

么帽子和脸谱，需要主人每天不厌其烦地训练。帽子和脸谱都放在戏箱里。刚开始，生性好耍的猴子根本不知道哪个脸谱是哪个戏的，往往随手一拿，喜欢哪个就戴哪个。这时耍猴人要根据猴子戴的脸谱来唱相应的戏词，时间长了，猴子就会知道每个脸谱不同，慢慢地才能和主人默契配合。唱完戏了，猴子还要把帽子和脸谱放回箱子里。刚开始猴子并不知道要往哪儿放，主人说"放回去"的时候，它随手就把帽子和脸谱扔得老远。这时就需要主人反复训练，让猴子把扔出去的帽子和脸谱捡回来，直到放到箱子里为止。

一般简单的"活儿"，十天半个月就能训练出来。训练一个全套的"活儿"，就需要两三个月了，还得是聪明点的猴子才行。

猴子能学会多少猴艺，取决于驯猴的人。猴子主人的文化、性格、手艺水准，都决定他驯出的猴子"活儿"全不全。

黄爱青说："猴子的表演是否讨人喜欢，这完全取决于耍猴人的本事。"

大概是黄爱青常常驯猴的缘故，猴子对他都有种反抗情绪，只要他走到猴舍前，笼里的猴子就对他龇牙咧嘴地吼叫。而当黄爱青的老婆走到笼舍前时，猴子都围到门前吱吱叫着表示欢迎，等待她的抚摸和喂食。这时，黄爱青就得躲在猴子看不到的地方，以免引起猴子的集体抗议。

2003年5月11日，由于"非典"疫情刚刚结束，国家有关部门严格限制了野生动物的运输交易。"非典"之前，黄爱青的一只猴子能卖两三千元，而现在一只上好的猴子只能卖 800 多元。"非典"之前老黄为了扩大规模还买了一些猴子，如今这些猴子的价格只是"非典"前的三分之一。不但他的猴子卖不出去，村里无法外出的耍猴人还要把猴子卖给他，说是等情况好些时再买回去。

"非典"过后，我又去了村里，想看看黄爱青和耍猴人受到了哪些影响。这一年全村的耍猴人被禁止外出耍猴，都在家里闲着或者外出打工。黄爱青猴场里的猴子也禁止对外出售，猴子的价格一下跌入低谷。

在黄爱青的猴场，我们俩正在交谈时，耍猴人杨永进骑着自行车过来，后座上有一只猴子。由于不能外出耍猴，杨永进就想把这只十多岁的猴子卖给黄爱青。黄爱青问："你这牲口是生的还是熟的？"杨永进说："能耍。"黄爱青又问："活儿全不全？"杨永进说："活儿还好，你看看，这是每年都出去耍的猴子。"

杨永进的猴子已经十几岁了，跟人比相当于中年人了，卖不出多少钱，老黄只愿意给 400 元，而杨永进想要 500 元。最后这笔生意没有谈成，杨永进骑着自行车，带着猴子走了。

自从办了这个猕猴养殖场，黄爱青这里就成了村里的猴子交易中心。耍猴人把一些年纪大的猴子卖给他，大都是十八九岁的老猴子，给四五百元就卖，这样多少能弥补猴子

黄爱青的小姨子和她照看的小猴。

白白老死的损失。黄爱青再把这些猴子卖给医学机构。

2003年5月以后，黄爱青的猴场里有七八十只猴子，大多是村里耍猴人不能外出耍猴而卖给他的。由于"非典"，国家暂停了国内野生动物的交易，黄爱青的猴场受到了不小的冲击。2003年，黄爱青还欠着乡里的土地使用费，没有钱，只得给乡政府打了一张欠条，等到猴场效益好的时候再交。

2005年，黄爱青猴场里的猴子达到200只，同时黄爱青还建立了一个自己的网站，叫"河南省新野县麒麟岗猕猴养殖场"。黄爱青成功地从一个街头耍猴人转型为村里最大的猕猴养殖场的老板。

猴子老的时候牙齿会被磨平，吃东西就不行了，面相也

这只一岁的小猴不愿见生人，我拍摄时它偷偷地看着镜头。

会发生变化。人越老面部皱纹越多，而猴子越小脸部皱纹越多，越老面部就越光滑。人工养殖的猴子寿命最多也就30年，野生猴子一般活不到这个岁数。

猴子经常患的病有痢疾、肺炎、风湿等，治疗方式和人差不多，就是要掌握好用药的剂量。

母猴是否怀孕一般可以通过经期来判断。母猴和女人一样，每个月会来一次月经。还有一个方法，就是通过猴子的脸色来观察：母猴的脸色越来越红，基本上可以判断是怀孕了。怀孕两个月后就可以用手摸出来了。确定猴子怀孕后就要单独饲养，以防猴子之间打架撕咬而造成流产。猴子生产多数是在晚上，很少有在白天生产的。

2005 年 10 月，黄爱青带了 50 只猴子，在河南禹州一个景区暂养三年，同时进行表演。在那里，他遇上了一只难产的猴子：

当时我就发现母猴有要生产的迹象，但由于不能确定预产期，我只能再等等。等了两天，我发现这只猴子睡在那里不动了，检查后才发现是难产。于是我给当地医院打电话，医院来了两部车、十几个人，有医生，有护士，这是他们第一次给猴子做剖宫产。

医生来了后先给猴子输液，可是猴子的血管太细，扎不上。他们就切开皮肤，但找到血管之后还是扎不上。输不上液，医生就不敢给猴子动手术，怕万一手术不成功还得承担责任。我让医生把猴子带回医院做手术，医生也没有同意。前后折腾了两个小时，实在没有办法，医生们就回去了。

医生走后，第二天猴子已经奄奄一息了。我就上街去买了手术刀、缝合线、镊子、剪子和消毒液等工具，回来自己给猴子做剖宫产。

剖开猴子的腹部，我发现小猴子已经死了。我给母猴子的刀口进行消毒、缝合，打消炎针，最后还找到血管给猴子输上了液。第三天，猴子已经能站起来了，但第四天就不行了，怎么抢救都没有救过来，第五天

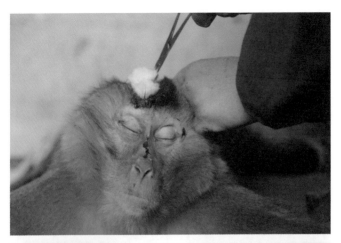

黄爱青的爱人焦新珍在给猴子治伤。

这只猴子就死了。

我心想，既然猴子死了，就找找原因吧，为以后再遇到这样的情况积累一些经验。我又把猴子的腹腔打开，这时才发现，当时我只缝合了猴子的腹壁，没有缝合猴子的子宫。当时把小猴子取出来后，母猴子的子宫就缩回去了。猴子的器官小，再加上我是第一次给猴子做手术，所以没有看清楚，就直接缝合了腹壁。

在这之后，又有一只猴子出现难产，这次黄爱青就有经验了，及时给猴子做了手术，大猴小猴都保住了。

此外，猴子打架咬伤，出现肢体伤残，黄爱青还要给猴子做截肢手术和接骨手术。

为了防止猴子打架，黄爱青在一个养殖笼里只留一只公猴和十来只母猴，或者把公猴、母猴全部单独饲养。只要有母猴在，笼子里就不能有两只或更多公猴，否则公猴就要"决一死战"。

猴子多了，黄爱青的想法也多起来，他开始调整自己的销售方式和渠道。按照国家规定，猕猴主要用于科学实验和动物园观赏，于是黄爱青把自己驯养的猴子组织起来到一些公园表演，还和一些景区签订了租借合同，把自己训练过的"熟猴"租借给景区。现在中国景区百分之八十的猴子都来自新野。

景区不但需要租借的猴子，还需要管理猴子的工作人员。黄爱青于是又在猴场开设了猴子艺师培训班。黄爱青培养的艺师不但会饲养猴子，还会和猴子一起进行各种表演，这些表演已经完全不同于村里耍猴人那种简单的街头打闹，而是一种艺术和杂耍结合的表演。黄爱青驯化的猴子能表演走钢丝、骑自行车，和羊、狗一起表演杂技，还会身着戏装和艺师一起演出戏剧。

那天，黄爱青带着我去他猴场里的演艺场，让一只猴子表演升国旗，还把另一只猴子带出来，让它骑着车在村里逛，这些都是村里那些还在用原始的方式耍猴的人没有想到的。

耍猴是祖祖辈辈传下来的生存方式，不失为一种养家糊口的办法，但在瞬息万变的社会环境里，过去单一的耍猴方式只会让耍猴人的生存空间越来越小。这些耍猴人必须选择改变。

中国的很多地方都有崇拜猴子的情结。

在重庆地区，有让猴子给家里的孩子摸脸消灾的习俗，这是由于美猴王孙悟空姓孙，取意"子孙万代"的意思。一些聪明的耍猴人还会配上唱词：

摸摸头，住高楼。

摸摸肩，定做官。

2014 年 5 月，黄爱青在家里训练猴子和羊表演杂技。

摸摸手，活到九十九。

摸摸脚，活到一百多。

在青海，当地藏民有崇尚猴毛的习俗，藏民们看猴戏时，经常趁耍猴人不注意，在猴子身上拔猴毛。有些地方还有在五月初五把猴毛封进香囊，然后挂在脖子上辟邪的习俗。

云贵交界的一些地区，人们有让猴子在马圈里游走一圈的习俗，因为神话中孙猴子是弼马温，马圈里有了猴子，马就会不停地奔跑，这样马就不容易生病，同时取"马上封侯"之意。在民间，人们还会用猴子的皮来治疗患瘟疫的马。

在甘肃有让猴子给病人摸脸祛病的习俗。有些地方还会请猴子扫猪圈，因为孙悟空和猪八戒是师兄弟，猴子扫猪圈，猪会更健壮。还有些地方让猴子去新房，在新人的床上蹦蹦，据传这样新人就不容易生病。

在中医的药材里有一味药叫"猴枣"，它是猕猴胆囊内的结石，其药性比牛黄还寒，不是一般病人可以吃的，更不能经常吃，否则会损伤元气，抑制小孩长高，影响身体发育。"猴枣"在临床上主要用于高热、支气管炎、肺炎和哮喘等有里热症状者。

在过去有一些耍猴人把猴骨头熬成胶，称之为"猴膏"，拿到江湖上去卖，说猴的骨头是热性的，能治疗头痛风湿，其实那都是骗人的。那些人把止痛片加进"猴膏"里面，买的人当然吃一次立刻见效，但第二次就没效果了。1989年3月1日，《中华人民共和国野生动物保护法》出台，之后"猴膏"才逐渐消失。

猴骨究竟能不能入药？我在《全国中草药汇编》里查到这样的记载：

> 猴骨味酸，平，归心、肝经，祛风除湿，镇惊，用于风寒湿痹，四肢麻木，惊痫，常用量3克～10克，用时需炒制入药。猴肉亦可入药，味酸，性平，补肾壮阳，收敛固精，祛风除湿，用于肾虚阳痿、遗精、遗尿、神经衰弱及风湿痹痛，常用量15克～20克，民间有用于小儿疳积、食积、腹胀不消。

在中国西南的彝族聚居区，族民从原始时代就有用动物入药的习惯。明代的《明代彝医书》中就记载了对猴肉的利用，在彝族民间也有用猴骨治肺病的偏方。

云南白族的白药也将猴骨列为配方入药。傣族傣药制剂中，供临床使用的方子就包括蜂猴骨，主要用于慢性病、妇科诸疾、皮肤病、体质虚弱、浮肿等疾病。傣族人还认为黑长臂猿骨有祛风健骨、活血的功能，主治风湿痹痛、半身不遂等症。藏医认为：将猴骨烧炭研细，可治白喉、炭疽，亦可催产；猴胆汁可治食物中毒及药物中毒；猴心晾干研细，可治妇科病，猴头盖骨可治肠道疾病。在江西，一副猴骨能卖 300 元。在广西，当地人有用猴骨泡制"乌猿酒"的风俗。在云南迪庆州，一些少数民族村民用滇金丝猴的猴皮做背孩子的背囊，当地人认为金丝猴皮的背囊可以驱邪。在广西，仅大新一个县每年收购的黑叶猴皮就达 1000 张。

在新野，还有一些耍猴人卖一种叫作"神沙"的膏药。这种膏药也是耍猴人自己制作出来的，里面放了红丹和香油，做法极其简单，用他们的话说："一斤香油，四两丹，不大不小摊一千。"意思是说用一斤香油加上四两红丹，就可以做出 1000 张这样的膏药，至于治不治病就不一定了。

我问黄爱青："你们这儿有吃猴脑的吗？"他说："没有，那是这几年广东传出来的吃法，野生动物身上有很多细菌和病毒，所以我们根本不会想去吃这东西。"

据说，吴三桂引清兵入关时，为了庆祝胜利，武将们把活猴关在笼中，当场用小榔头击破猴头，取其脑浆食用。猴子被认为是可以沟通神明的圣物，吃猴子则等于砍断了世间一切神明的护佑。《闲谈茶音录》中也记载吃猴子是一种"弃善从恶""弃佛从魔"的行为，最终将断子绝孙。据说吴三桂手下服用猴脑的将领，其子孙在清代"三藩之乱"后都被满门抄斩。

不过，在中国古代的饮食中，猴脑是"山八珍"之一，也是清朝满汉全席中的一道菜，也有偏方把猴脑作为药膳，做成"猴脑汤"。

黄爱青说："我们从来不认为吃猴脑能大补，也不认为猴骨可以治病，这些都是没有科学依据的。其实猴子的副产品还有很多，比如说我用猴毛做成的毛笔就很受欢迎，死去的猴子可以做成标本卖给动物馆，也有很好的收入。"

据说福建最早的岩茶就是利用驯化的猴子爬到悬崖上采摘的；在海南，人们利用猴子上树采摘椰子；在贵州，猴子是采摘燕窝的好帮手……

文化水平和眼界决定了黄爱青的养猴思路和经营方式。黄爱青的女儿和儿子，现在一个在北京上大学，一个在安徽上大学。村里的年轻人几乎没人愿意靠街头耍猴谋生了。

捕获野生猴子

20世纪五六十年代，湖北宜昌的夷陵区、恩施的巴东县，重庆巫山县，乃至整个长江三峡地区，还有四川峨眉山、陕西秦岭等地，都出现过猴患成灾的情况。每当春种秋收时，地里的庄稼就会被猴群"扫荡"得一塌糊涂。当地农民得知河南新野县能耍猴戏、逮猴子，于是把新野人请过去捉猴子。

李贤在《后汉书·西南夷传》的注释里引用了《南中志》里的一个记载，可以说是最早记录的抓捕猴子的方法：土人在猩猩出没的山林中放置酒糟，猩猩明知这是有意引诱它们，仍然禁不住酒的诱惑，直至大醉而束手就擒。土人将其关入牢中，待取用时则对猩猩说，你们可以"自相推肥者出之"，猩猩则"相对而泣"，可惜悔之晚矣。

新野人主要有两种捕猴方法：一是在一个木笼子里放些吃的，引诱猴子进去后把门关上，由于猴子警惕性高，这种方式成功率不高，被捉的多为比较笨的猴子，这也是最早使用的捕猴方法之一；二是在地上挖出一个房间大小的地坑，深约二尺，在坑底挖一个偏槽，槽内坐一个人，嘴里要含上一颗糖，以防咳嗽惊动山里的猴子。等几天猴子就会没有了戒心，跳到坑里吃东西，被人抓住。

后来施庵镇捕猴人发明了一种叫"靠山坡一面翻"的捕捉方式：先把捕猴的网布置成 U 形，两边网的长度在 50 米～100 米，中间加上横网，然后把网隐藏起来。引猴子下山需要不少耐心，在山上一路放置食物，好吃的猴子会慢慢接近圈套。少则几日，多则几周后，就能把猴子赶入圈套。猴子一进网，两边埋伏好的捕猴人便拉动网绳，围网会瞬间翻过来把猴子扣住。用这种方式一次能捕获很多猴子。

在沙堰镇大约有 1000 人从事捉猴子的行业，即使在改革开放初期，捉猴子也是他们的主业。据记载，1954 年至 1984 年，广西一直在收购猴子，最多的是 1959 年，共收购了 6258 只猴子；1974 年至 1980 年间，每年平均收购活猴 2000 多只；1980 年明显下降；1984 年只收购到 4 只猴子。

《野生动物保护法》颁布之后，再从事捉猴子的行业，就必须得有国家林业局给予的批文。自此，捕捉猴子的人就逐渐减少了。

消失的猴子交易市场

施庵镇兴龙观有一个猴子交易市场，位于新野、南阳、唐河三地交界处，每逢周末开集。之前这里是一个牲畜市场，1978年，十一届三中全会做出了实行改革开放的重大决策，一些脑子灵活的人就试着把自己家的猴子牵到市场进行交易。

刚开始，人们都还抱着观望的态度，你看看我的猴子，我看看你的猴子，没什么交易，只是耍猴人在一起交流经验。那时候猴子也卖不上什么价钱，一只猴子卖个二三十元钱就不错了。

到了1980年，经过一年多的尝试交易，猴市才逐渐活跃起来。沙堰镇、樊集乡的耍猴人也参与到这个交易市场中。在交易市场里，猴市场总是最早开张，最晚收场。前来买猴的人还包括豫北、安徽的艺人。集市里猴子的交易数量，农忙时每天四五十只，农闲时每天一两百只。

猴市场不仅卖猴，还有耍猴的，猴艺高价格就高。从1981年起，市场上一只"熟猴"能卖200多元，"半熟"的猴子也能卖 100 元，不会表演的"生猴子"只能卖 30 元。后来价格见涨，"熟猴"能卖到 300 元 ~ 1000 元。有的"熟猴"价钱之高，能和南阳一头黄牛的价钱相比。

那时候，一些不外出的耍猴人也经常去赶集，碰见合适的猴子就买一个，回来驯化一下，等学会点"活儿"再去赶集，就能卖个更高的价格。这些人就是专门卖猴的，严格来说不能算是耍猴人。

那时候，一只猴子，一只狗，两个箱子，再带个锣鼓、两只帽——一套完整的"挑子"卖 240 元。

1989 年，国家出台了《野生动物保护法》，猕猴被列为国家二级保护动物，县里对猕猴的管理逐渐完善，不允许私人交易猴子了。

到 2001 年，这个持续 20 多年的猴市就慢慢消失了。

然而，作为一个有历史传统的耍猴村落，没有猴子交易也是不可能的。耍猴人之间的交易，大家都认为是一件正常的事情。很多城里人也想养只猴子作为宠物，但猕猴属于国家二级保护动物，不允许私人随意饲养。2012 年 6 月 28 日，新野的耍猴人于某按照河南省相关规定，办理了野生动物的各类许可证，于某家中可以合法养殖猕猴。他把刚出生的四只小猴子带到北京，准备卖给当地的一个中间人，结果被警方抓获，被检察院以"售卖国家二级重点保护动物猕猴"为由，起诉至北京市西城区人民法院。虽说是自己家养殖的猕猴，但是出了新野县，就不能销售给任何个体人员，否则就是违法的行为。

神秘的耍猴人

2002 年和村里一个耍猴人闲聊时，我听说了一个关于当过国民党特务的耍猴人的故事。当时我很感兴趣，希望能和他聊聊这个故事的全部经过。但是他有不少顾虑，简单地说了些就没往深处说了。随后的两年里，我多次和他联系，希望能深入了解这些故事。他告诉我，这是家族里的事情，当事人早已过世，因为顾虑对后人的影响就不想再说下去。这个故事一直是我心里的一个结：是什么促使一个耍猴人去给国民党当特务？我想把这个结给解开。

2013 年 10 月，这个故事主角的本家终于答应接受我的采访。在村里一个猕猴养殖场，我见到了 93 岁的梁心生老人。他是村里年纪最大的老人，村子里发生过的很多事情，他是最好的见证人。老人从没耍过猴，就是一个土生土长的庄稼人。

在梁心生小的时候，沙堰镇被一座座沙丘包围，地上长的都是一人高的茅草。新中国成立后，沙地上才建立起林场，栽上了杨树，之后这里的环境才逐渐好转。居住在村子里的多为姓宋、姓张的人家，被称为宋家门；居住在村东头的是姓胡、姓徐的人家，称为胡家门；村西头居住的是杂姓，有姓范的、姓熊的、姓杨的，等等。对于祖上是从哪里来的，这些人谁也说不清。

过去车湾村、鲍湾村、冀湾村的房子都很破旧，屋墙用的都是土坯，房顶上盖的都是茅草或者麦秸秆，那时候只有地主家才盖得起瓦房。三个村里有十几个地主，最大的地主孙天光有一顷多的土地。

新中国成立时，梁心生29岁。那时候他们是这样划分地主成分的：有土地雇佣别人种，自己也参加劳动的，划成富农；有土地雇佣别人干活，自己不劳动的划为地主。其实地主家也不是像政府宣传的那样天天能吃白馍，白馍也只能在麦收和秋收、秋种时才吃。那个时候地主家要给干活的人吃得好一些，这样干活的才会更卖力。地里的活闲下来，就不能吃白馍了，只能吃黑面和白面混合的花卷馍。那时候的地主和现在的村干部一样，有好的也有坏的，但地主不会去贪污。

旧社会出去耍猴的人没有现在这么多，能出去的都是很聪明的人。1950年，梁心生的本家哥哥梁中兴要去香港打工。那时候去香港的手续十分烦琐，需村里开的证明，然后再到乡里盖上章，到县里开介绍信，再到省里办手续，给你开具正规的公文，就像现在的护照，完成这些手续才可以去香港。

梁中兴在香港遇到了之前过来耍猴的梁荣兴、梁明兴，三兄弟团聚后，他们从香港寄信回来，让家里的老人放心。1953年，他们来信说要一起回老家，让家里开证明，办理返乡手续——那时候外出回来也需要家里开证明，再到省里办手续，把证明寄过去，他们拿着证明才能回家。不知道是什么缘故，梁中兴、梁荣兴回家的请求被驳回，只有梁明兴一个人拿到了回家的证明。

1953年10月，梁明兴从香港回来后，就在合作社里干活。没多久，从南阳下放过来一个人，公社把他分在梁明兴的合作社，平时就和梁明兴在一个组里干活。这个人姓李，当时也没人知道他的真实姓名，只记得他身材高大、脸色发黑，村里人都叫他"李焖子"或"黑老李"。相处了近两年后，梁明兴和黑老李成了亲密的朋友。

1955年农历七月的一天，黑老李突然一个人回了南阳。第二天他带着南阳法院的警察，到村里把梁明兴抓了起来，当时在他们家搜出了一个四四方方的金属盒子——梁明兴是在给国民党发电报时被黑老李发现的。

其实，还有一个特务跟梁明兴一起从香港回来，但是那个人把他送到家之后就消失了。那时候国家已经通过情报知道了梁明兴返回时的身份。

南阳市中级人民法院的警察把梁明兴铐起来，还用被单把他裹起来，在村里找了个架子车把他拉走了。

坐了近三年牢后，1958年，梁明兴回来了。村里人问他是不是国民党的特务，他从不回答。过了一年多，南阳市中级人民法院的警察又来把他抓走了，之后梁明兴就再也没有回来，据说是死在牢里了。他究竟是不是特务，至今还是一个谜。梁心生说，梁明兴这个人很聪明，嘴里从来不说实话，瞎话比实话说得多，敢干别人不敢干的事情。

1953年以后，村里不许外出耍猴了，如果出去耍猴就是"盲流"，抓住后会被关进审查站。禁令一直持续到1981年，改革开放后，才又允许村里人外出耍猴。

女耍猴人

2012 年，我见到了村里唯一的女耍猴人党有娇。她那年 66 岁，见到我后跟我说的第一句话，和 10 年前鲍白祥支书的老婆见我时说的一模一样："你来我们这里，能给我带点啥好处啊？"

党有娇耍了 20 多年猴。她丈夫张书库 20 岁时入伍，当了 12 年志愿兵，从士兵一直做到副营级干部。他本想在部队一直干下去，这样家里能有一个好的生活保障，没想到1982 年时，张书库开车带着一个参谋长和一个士兵外出办事，出了车祸，死了一人，张书库处于濒死状态两个多小时。后来虽然被救活，但张书库要承担事故的全部责任，他受到处分之后就退伍回家了。

张书库没有享受退伍士兵的待遇，也没有得到相关的退伍费用，那时家徒四壁，加上他又没有手艺，一家三口的生活出现了困难。

张书库买了两只猴子，雇村里的两个老耍猴人一起出去耍猴赚钱，一边给人家打下手，一边跟着学耍猴。那几年，

村里唯一的女耍猴人党有娇，她耍了 20 多年的猴。

党有娇的日子过得就像要饭的一样，家里唯一的男孩也因此中学都没有上。日子苦的时候，饿了就找一个饭店，帮老板刷碗，打扫一下饭店，老板就答应给他们吃一些剩饭剩菜。

1985 年，张书库学会耍猴之后，就带着 16 岁的儿子一起走江湖耍猴。父子俩相互照顾，赚的钱不用和别人分了，生活也开始好了一些。有一次，父子俩在东北扒火车时，夜里在车上睡着了，猴子咬断缰绳，从飞驰的火车上跳了下去。没有了猴子的父子俩只能回到家，一家三口抱头大哭了一场。当时再买一只猴子需要花 600 多元，对这个贫困的家庭来说这是一笔不小的负担。

1986 年夏，家里有只猴子爬上树玩耍，一不小心被拴在身上的绳子吊住，等家人发现时猴子已经死了。那时家里正好有一只母猴子生下小猴，看着刚出生的小猴，党有娇想到以后得储备猴子了。从那以后，自己家的猴子怀孕生下小猴，都留在家里让党有娇饲养、驯化。丈夫和儿子外出耍猴的时候，她就在家饲养、训练这些小猴子。对党有娇来说，这些小猴子就像自己的孩子一样，党有娇每天给它们喂奶，冷的时候抱在怀里，晚上睡觉还要放在自己的被窝里，生怕猴子生病死去。死一只猴子对他们家来说是很大的经济损失。

　　在没有疾病的情况下，猴子正常的寿命最长是 30 岁。猴子经常得的病是痢疾、肺炎和脑炎等。有时候猴子互相打架还会造成残疾，一旦失去腿或胳膊，就不能再外出表演了。

　　每次猴子死后，党有娇就给它穿上红色的衣服，埋葬在自家的房子后面。用党有娇的话说："猴子是我们家的一口人，它活着的时候给咱家出力赚钱，我们得感恩于它。"

猴戏手工艺人

汪广亭生于1942年，居住在施庵镇前罗村，他是施庵镇唯一能给猴子做衣服、帽子、戏饰、面具的人。汪广亭说："年轻的时候我做的猴戏服饰供不应求，那时候猴子衣服、帽子都是用丝绸和针线一针针绣出来的，一件服饰要做上一个月。"

汪广亭是一个教师，从小家里苦，父母在1961年就都去世了，他跟着爷爷生活。爷爷供他上高中，当时国家每个月给补助13斤粮票和8元钱，但这些补助根本不够爷孙俩的生活。汪广亭就去给人挖土、打砖，每做一块砖赚一分钱。后来他又开始画画、写字卖钱，当时乡村人家屋里挂的中堂画、山水画都是他最擅长的。他还在南阳社旗县剧团学习做戏箱。

那时村里耍猴的人很多，耍猴的人都要给自己的猴子做帽子、戏服、面具。看到这个市场也不小，加上小时候就生活在耍猴人的村里，也经常看猴戏表演，对猴子戴的帽子、穿的衣服、戴的面具都很熟，另外还有些美术功底，汪广亭

72 岁的汪广亭是施庵镇唯一能给猴子做衣服、帽子、戏饰、面具的人。

在上高中的时候就开始为村里的耍猴人做道具。他做的这些猴戏道具细致考究，受很多耍猴人喜欢，名声一下传遍附近的村庄。慕名前来找他做猴戏道具的人很多，活多的时候他都做不过来。

高中毕业后，由于他学习好，还会画画，公社就聘请他为长期代课老师，于是他便在小学教了4年书。后来他成为民办教师，在中学教了17年书。1972年，国家准备转正一批民办教师，汪广亭也在其中，但领导找他谈话，说有人举报他卖画，还给猴子做戏服、道具，说他有资本主义思想。1974年，民办教师转正，这次他又名列其中，但教育局领导再次找他谈话，理由和上次一样。就这样，汪广亭在施庵的学校代了21年课，一直没有转为正式老师。

猴子戴的帽子是有讲究的，要根据猴子的体重来定做，汪广亭做过二十七八斤猴子戴的帽子，也做过四斤重的猴子戴的。体重三斤以下的猴子不能戴猴戏的帽子，因为猴子小，戴上也会显得头重脚轻。帽子和面具是配套的，文官出来表演要戴"状元盔"，武将出来表演要戴"帅盔"，包公出来戴"文官盔"，姑娘和老汉出来戴"勒子"（就是把布做的盖头用绳子勒在头上），关公出来戴"绿帽子"。

猴戏的服装也一样有讲究。包文正身穿"黑蟒"，杨六郎身穿"白蟒"，其他角色出场时都身穿"红蟒"，服装有一尺半高。过去汪广亭做的猴戏服装都是"绣活儿"，用的都是绸缎，上面的花纹都是手绣出来的，那种衣服比较贵，再后来做的服装都改成画的了，就便宜不少。

帽子做五个，脸子（脸谱）做七个，也有做九个的。

汪广亭是最早做戏箱的人，当时附近很多剧团的戏箱都是他做的。后来他给耍猴人做戏箱，还会做一些改进，让藏钱的机关更加隐秘。

汪广亭感叹道："现在猴戏的艺术成分很少了，来做猴戏服装、脸子的几乎没有了。"在过去猴戏中有很多杂技，上老杆、走钢丝、猴狗犁地、穿戏衣、戴帽唱戏等，内容很丰富，耍猴耍得好的艺人根本就不拴猴子，三只猴子很顺畅地跟着他的指挥进行各种表演，更具有民间表演的传统。而现在的耍猴人都图省事，行走江湖时，找一根木棍，找个铁丝握个圈，随便买个球就可以让猴子进行投篮表演了，还有让猴子扔飞刀的，这都远离了过去的传统艺术形式。很多传统的东西丢失了，他们的表演跟流浪、低俗、乞讨的方式结合在了一起，在大城市都不受欢迎，生存空间越来越小。

现在在施庵镇、沙堰镇和樊集乡里，会做猴戏道具的只剩下汪广亭、彭王庄的王致歉、东杨庄的杨湛蓝三人了，红花店原本还有一个会做猴戏道具的老人，但在2012年去世了。

汪广亭告诉我，说："现在娱乐方式多了，大家都不愿意看过去的戏剧了，剧团的演出都已经很少了，找我做猴戏道具的更少。"他现在做的活主要是给庙里塑一些神胎、神像。

2013年3月，汪广亭接到来自新野县猴艺协会张俊然的订单，鲍湾村、冀湾村、于湾村的耍猴人要集资建一座"猴王庙"，庙里要供奉猴王的雕塑，希望汪广亭能做一尊孙悟空的塑像和一尊小猴子的塑像，并承诺给5000元的手工费。汪广亭用了三个月的时间完成了这两尊猴子的泥塑。

这座建在鲍湾村和冀湾村村头的猴王庙只有一间房子，占地不过10平方米。历史上施庵镇、沙堰镇、樊集乡的这些耍猴人的村庄有没有猴王庙已经无法考证，有人说有，在白河泛滥时被冲毁了，有人说根本就没有。

在中原地区的乡村里，人们都有在村头、房前供奉"小庙"的习惯。这些"庙"很小，有的像一个佛龛般大小，里面就供奉一个神，大多是土地、财神、老君等，保佑自己的家人平安。

且不管是否有真正的依据，修建这座猴王庙是为了保佑耍猴人在外平安，让耍猴人心里有一个信仰的归宿。因为猴在这里跟着他们生活了数百年甚至上千年，已经成为他们村里的象征和家庭成员。

这座庙从2012年8月份开始修建，由于是大家集资，陆陆续续建了四五个月才建成，村里的耍猴人张炳红拿出了自己家的土地供建庙使用。

其实我第一次见到猴庙是在陕北。1984年，中国的摄影界正在刮"西北风"，我也跟着这股风去了陕北的米脂县拍摄，住在杨家沟李家寺的一户窑洞人家。有天我在周边村子里拍摄时，走到了官家嘴村的沟壑里，看到一座庙。我走进去一看，里面供奉的是孙悟空，这是我第一次看到猴王庙。

2013年6月10日，我正在杨林贵家准备吃饭，张俊然跑来说，孙悟空的塑像已经塑好了。当时已经是傍晚七点了，杨林贵说："天已经快黑了，明天再去吧。"张俊然说："今天是阴历五月初三，三六九是好日子，就现在去吧！"

张俊然还去村里喊了几个人跟他一起去汪广亭家里。汪广亭家距离鲍湾村还有10公里，我开车很快就追上了他们。

到汪广亭家天色已黑，我没有拿闪光灯，就把相机的感光度调高到800～3200，同时把汽车的大灯打开对着他们照射，借助汽车的灯光进行拍摄。

这尊一米五高的"猴王"孙悟空塑像足有300多公斤，在经过捶、打、摔、揉后的黏土里放入铁丝架构和稻草、棉絮、纸，以及蜂蜜等防止开裂的物质，再加上精美的画工，一尊猴神就由人造化出来了。

张俊然他们八个人把神像抬到一辆小货车上，车上站着两个人扶着，就这么开始往回开。还没有上大路就被路边的一个耍猴人给拦住了，说一定要把车开到他的猴场招牌前和猴王照个相才让车开走。到了猴王庙前已经有二十几个耍猴人在等候，大家一起把猴王抬到了供台上，盖上红布，燃放鞭炮进行庆祝，等选个黄道吉日再举行开光仪式。张俊然说："随后准备把这个庙盖得再大一些，至少在新野得是一个独一无二的景点，猴庙附近的村庄都是耍猴村，有着猴文化的历史，加上一些表演，肯定吸引人。"

从新野回到北京后，我在网上查询了一下中国有多少座猴王庙，搜索的结果有很多，我也无法统计出来一个完整的数据。很多猴王庙就在身边，只是我们不太留意，据说北京碧云寺就有一座孙悟空的像，去那里玩的时候我也没有注意过。

一些海外的华人聚集区也有猴王庙，人们供奉孙悟空是崇拜它的那种识别善恶、敢于坚持、不畏艰难险阻的精神。在新加坡有一间建于19世纪末的"广福古庙"，庙中供奉的主要神像就是孙悟空。当地华裔人士认为孙悟空刚正不阿，敢于履险犯难，无所不能，驱邪镇恶，机智善变，能排除万难，正符合华人在新加坡开埠时那种创业的心态。在美国休斯敦，旅美华人修建的潮州会馆本头公庙，里面汇集了华人信仰的诸多神祇，作为"大圣佛祖"的孙悟空也在其列。华人祭拜齐天大圣是希望自己也能有灵活的头脑，懂得变通，行走自如，也希望获得它的庇佑，出入平安，财源广进。

在中国，叫"花果山"的地方就有很多处：江苏连云港花果山、河南洛阳花果山、四川成都花果山、江西井冈山花果山、安徽歙县上丰花果山、河北武安琅矿花果山、陕西彬县城关镇花果山、山西娄烦花果山、湖北黄冈花果山。

这几年有关孙悟空的争执很多，很多地方把孙悟空这个本来是神话里的人物都刨根问底地找出了真身，甚至连孙悟空是哪里的人都出现了很多说法，有河南说、江苏说、甘肃说、福建说、山西说、山东说等。

河南说就和新野有关系。据说吴承恩明嘉靖年间在新野做过县令，新野距离桐柏很近，这期间他多次到桐柏山游览，再加上新野县的村庄有那么多耍猴为生的村民，他才有了灵感，完成了传世名著《西游记》。

山东说的由来是在 2006 年，山东师范大学杜贵晨教授通过研究认为，泰山是《西游记》中花果山的原型，是孙悟空的"老家"。

江苏说的依据是吴承恩就是江苏淮安人，写作一定是"就地取材"。胡适和鲁迅早就考证，孙悟空的原型是大禹治水时的无支祁。无支祁是个历史名人，形若猿猴，力逾九象，有猴王的力气和勇气。在江苏江阴徐霞客镇，还有悟空寺、悟空桥，孙悟空的故事一直在淮河一带流传。"文革"期间，毛泽东把连云港花果山赐名为"孙悟空的老家"，在那个年代自然没有人敢反对。

甘肃说最有依据：敦煌研究院名誉院长段文杰先生曾撰文指出，在敦煌莫高窟的榆林石窟中，有一幅早于《西游记》

一米五高的孙悟空塑像被抬入猴王庙里。

300 年的《唐僧取经图》，该图中紧随唐僧的是一个尖嘴猴腮的胡人。山西稷山县发现的《玄奘取经图》中也有个尖嘴猴腮的胡人。实际上这两个胡人是同一个人，历史上也真有其人，即孙悟空的原型，名叫石磐陀，是个出家人，他的家乡应该是今甘肃瓜州县锁阳城一带。

山西说更是大手笔，山西娄烦县准备开发"孙悟空故里景区"，占地逾 7000 亩。据称，山西学者孟繁仁、李国成与中国西游记文化研究委员会会长李安纲教授等专家经过 20 多年的考察研究后认定，孙悟空老家为山西娄烦说的依据最多、文化内涵最丰富。娄烦县至今存有明代弘治、正德年间的寺钟、碑石，《西游记》里记载过，还有始建于唐代的花果山上的猴王庙等文物实体，这就增强了山西说的说服力。

福建说最早来源于日本。1980 年，日本北海道大学学者野美代子首次提出"孙悟空的原型可能是福建人"，她的理论是："孙悟空护送唐僧西天取经"的传说源于福建。2005 年 1 月，考古工作者在福建顺昌县发现了"孙悟空兄弟"的合葬墓，并据此认为齐天大圣应该是福建人。但是经专家考证，这个墓的年代比吴承恩所生活的年代早很多，那时候吴承恩还没有出生，墓碑估计是后人因敬仰而造的。

湖北也有一座花果山，在黄冈的武穴市太平山。太平山上有座寺庙叫西来寺，庙里供奉的神就是孙悟空，在太平山上还留有许多和《西游记》中关于花果山的描述极其相似的景点。

《西游记》终归是神话传说，很多地方政府只是以此作为当地文化的一部分，这样更有利于经济的发展。

最后一次耍猴

2012 年秋，杨林贵去了江苏徐州和山东，这也是他最后一次外出耍猴。这时杨林贵已经 56 岁了，长年累月的奔波使得他老了许多。他觉得自己再也跑不动了，于是就租下隔壁村民的院子，开始学着饲养、繁殖猴子。

2013 年 6 月 8 日，我再次来到了杨林贵的家，想看看杨林贵的猴场办得怎么样了。杨林贵的猴场由邻居家的一个废弃的小院子改造而成，从 6 只猴开始养起，一年后猴子的数量就达到了 16 只，这对他来说已经很不容易了，可以算是一个好的起步。

杨林贵拉出一只猴子给我表演，大概蹲着的时间太长了，他喊猴子的时候身子不自觉地往前倾，这时候我才发现，杨林贵老了。

2014 年 1 月，正是猴子怀孕的时候，杨林贵饲养的猴子一下死了 6 只，正在孕期的母猴有 6 只流产，经检查才得知猴子得了病毒性痢疾。杨林贵刚开始养殖，没有经验，没有及时观察到猴子发病的征兆，结果造成了一万多元的损失。

杨林贵和家人学会了自己给猴子输液、打针。

这次猴子得病让杨林贵和家人学会了自己给猴子输液、打针。

这一年没怎么下雨，气候干燥异常，村子里的养鸡户一下子损失了上千只鸡。猴场也有不同程度的损失，有养殖经验的猴场损失会相对小一些。

鲍子龙是鲍湾村的支部书记。2007 年，鲍子龙就在村里建了自己的养猴场，现在的养殖规模达到 200 多只猕猴。他认为，外出耍猴的生存方式注定会终结，因为这种表演没有艺术成分，加上现在人们对动物的保护意识增强，这样的耍猴方式已经不被人们欢迎。

2013 年 6 月，张云尧的猴场也开始兴建。他的猴场占地 170 多亩，里面可以养鱼，种植果树、莲藕，按照生态园

除了养猴，杨林贵还在家承包了十亩地，种植大葱。

来进行建设。

2014 年 3 月，黄爱青的猴场规模也在扩大，现在的养殖规模已经达到 300 多只猕猴。黄爱青的猴场里不但可以钓鱼，还可以看猴戏表演，购买与猴子有关的纪念品。

梁奕献是村里最早的抓猴人，1980 年他就开始捕捉野猴子，先后被猴灾泛滥的湖北、贵州等地请去捕捉猴子，当地管吃、管住、管路费。他和村里十几个抓猴人前后一共抓获了 1000 多只猴子。《野生动物保护法》出台后，他们就不能再抓猴子了。2004 年梁奕献建了一个猕猴养殖场，现在养殖的猴子有 300 多只。

任书显曾任新野县林业局局长，2005 年退休后，他也办了一个占地面积十亩的猕猴养殖场，养殖了 189 只猴子。任书显认为，新野的耍猴人不会消失，毕竟这里从汉代就开始耍猴，有了这样的传统，猴戏是一种民间乐趣，即使受到当下社会的排斥也是暂时的。

王集镇东元村是一个后来居上的猕猴养殖专业村，那里的人们来施庵、沙堰、樊集买猴子，然后带回去饲养、繁殖。他们算了一笔账，养猴比养殖猪羊划算，一只刚满月的小猴就能卖 4200 元，而猪或者羊根本不可能有这么大的价值。一岁以上的猴子可卖 5000 元以上，如果卖给医学机构做实验则价格更高，可达 9500 元一只。除此之外，猴子吃得少，只要管理得当就很好饲养。

如今在施庵镇、沙堰镇、樊集乡、王集镇有十家大型猴场，最大的养殖规模达到 1000 多只，小型的农户养殖场估计有几百家。

2000 年，经河南省林业厅批准，沙堰镇的猴戏艺人赵哲民和一个广西客商合资 1600 万元，率先建成了全省最大的猕猴繁育驯养基地，占地 80 亩，有猴舍 250 间，一年可繁育出栏 3500 多只猕猴，并向国家科研单位提供"科研猴"。中国现在是世界上最大的猴子出口国，出口量已从 20 世纪末的不足 3000 只，上升到目前的四五万只。

在中国，50 多年间，猴子为小儿麻痹症、肝炎、SARS、艾滋病、手足口病、糖尿病、老年痴呆症等人类重大疾病的

猴子的手非常柔软，指纹与人类大体相同。

科学研究作出了巨大的贡献。很多实验都要在与人类最为相似的猴子身上进行后才能用于临床，目前在中国用于实验的猴子达3万只。父母带孩子去吃小儿麻痹糖丸的时候，没有人会想到这些糖丸是从猴子身上来的——科学家利用猴子的肾细胞培养出的病毒制成小儿麻痹症疫苗，100多只猴的肾脏细胞培养出来的病毒能制成1000多万份疫苗供人类使用。

　　猴子的手非常柔软，我发现猴子的指纹与人类大体相同，猴子的指纹圈线在视觉上要比人类的指纹圈线更粗，指纹圈之间不像人类的这么紧凑。为此我还专门查找了一些资料。迄今为止，科学家尚未发现世界上有两个指纹完全相同的人，作为与人类很接近的动物，猴子的指纹也没有重复的。

被骗了 18 万的耍猴人

2014 年 3 月 18 日，张俊然突然给我打电话，说他们猴艺协会的耍猴人乔梅亭被山西运城永济市一个马戏团请去表演时，被那个马戏团的老板骗去了 18 万元，希望我能协助他把被骗的钱要回来。

3 月 20 日，得知这个马戏团在山东演出后，张俊然和乔梅亭前往山东泰安市公安局报案，后又转到泰安市岱岳区大汶口镇派出所。当地公安部门很快就找到了这个马戏团的女老板，看到警察，这个女老板马上就答应还钱。但是老实巴交的乔梅亭没有趁热打铁要回全部的钱，而是只得到了一张欠条。原本是个诈骗案件，这下变成一宗民间借贷纠纷案。

乔梅亭今年 69 岁，生于 1945 年 1 月 7 日，居住在新野县沙堰镇横堤铺村，距鲍湾村七八公里。

3 月 29 日，我来到了乔梅亭家。临街一间低矮的红砖房子，和村子里灰色混凝土抹墙的二层建筑混在一起，显得低矮破败。院子的右边是一间灰砖瓦房，屋里散落着几件落满灰尘的桌椅，透过房顶的窟窿能看到天。院子的土墙已经

原本是个诈骗案，因为这张欠条，
又变成了一宗民间借贷纠纷。

自然坍塌了一半，外面的人一抬腿就能垮过坍塌一半的墙进
到院子里来，门和锁对乔梅亭的家来说已经成了摆设。

老乔住在院子里另外一间用红砖盖的房子里，除了一张
用几块木板搭起来的床，没有任何其他像样的家具。窗户没
有玻璃，只是用砖头堵起来挡风。没有厨房和餐具，乔梅亭
说他根本就不做饭，每天买些馒头喝点水就算一顿饭。常年
游荡在外，家对他来说已成了一个临时的住所，跟外出玩猴、
露宿街头相比，其实好不了多少。院子里小树上拴着的三只
猴子算是乔梅亭最值钱的家产。

1964 年，乔梅亭 19 岁时，父亲因心脏病和高血压发作，
无钱医治去世。那时乔梅亭最小的弟弟还不到两个月大，乔

梅亭兄弟六个，还有两个妹妹，父亲死的时候家里只有两间小土坯草房。在农村，19岁的男孩已经可以担当家里的重任了，所以父亲死后，乔梅亭就担当起父亲的角色，照顾母亲和几个未成年的弟妹。后来他把父亲留下的两间草房翻新一下，又自己和泥脱土坯盖了一间房，这才基本够一家九口人住。当时乔梅亭还在村里理发赚钱，收入微薄，生活很是艰难。

1979年，改革开放初期，乔梅亭最大的弟弟订婚后，因家里没钱娶媳妇，就跟着未来的老丈人外出耍猴，用赚来的钱结婚成家。结婚后，弟弟把乔梅亭带上，一起跟着老丈人外出耍猴。那一年的3月，乔梅亭第一次外出学习耍猴，游走了一个多月，他们到了安阳、邯郸、石家庄、保定。到了10月，他们第二次外出耍猴，这次走了两个多月，到了洛阳、运城、临汾、侯马。这两次外出学艺，让乔梅亭掌握了耍猴的技巧。之后，乔梅亭就靠耍猴赚钱，养活一家人。

乔梅亭用耍猴赚来的钱供弟弟妹妹（一个妹妹后来因病去世了）上学读书、吃饭穿衣、盖房子、结婚。看着为这个家庭辛苦付出的大儿子，母亲很是心疼，母亲曾经提出要用乔梅亭的妹妹给他换一门亲事。换亲在20世纪七八十年代的中国乡村很流行，很多穷人家的儿子娶不起媳妇，父母就拿自己的女儿和对方换亲，把家中的女孩相互嫁给对方的儿子。乔梅亭知道后坚决反对，他不愿意牺牲妹妹的幸福，认为换亲对家人的名誉也不好。为此，乔梅亭决定自己终身不娶，只要把弟弟妹妹的人生安置好自己就心满意足了。

当时在农村，像乔梅亭这样老实能干的人很受女人的喜欢，曾经有喜欢乔梅亭的女人住在他家里不愿意走，表示愿意嫁给他这个老实能干有责任心的人。乔梅亭最终还是没有答应，他深知：在农村家庭里，老婆是能左右男人思想和经济支出的人。他怕自己结婚后被女人管着，无法拿出钱给弟弟妹妹们。

乔梅亭的二弟19岁当兵，乔梅亭希望他能考上军校，这样能减轻家里的负担。后来弟弟没考上，当了四年兵就复员回家了。二弟结婚时，乔梅亭把生产队分给他的一头牛卖了700元钱，又带着猴子到深圳，把讨到的200元钱给弟弟寄回来。二弟用1000元钱把婚事给办了。那个年代新野很多人牵着猴子去深圳讨饭。乔梅亭后来在深圳要了三年饭，人家有钱给钱，没钱给饭吃就行。

二弟当兵时，三弟就结婚了。当时流行"三转一响"（自行车、手表、缝纫机、收音机），而且谁家的房子上盖着瓦就算是好房子。乔梅亭把这些都给弟弟准备好了，可是第二天结婚时，媒人过来告诉乔梅亭，要他再给新娘家送去600元钱才能结婚，理由是乔梅亭家弟兄多，嫁过来要是兄弟们分家怎么办，娘家给女儿要些钱以防万一。这可把乔梅亭难为坏了，那时候600元钱可算是一笔大钱。乔梅亭东凑西借

老乔从 1979 年就开始耍猴，猴子帮他供七个弟弟妹妹上学读书、吃饭穿衣、盖房子结婚。

2014 年 5 月，乔梅亭在地里训练猴子。

地把钱送去，才没耽搁三弟的婚礼。

2001年，等到最小的弟弟结婚时，社会经济环境好了很多，农民的生存环境也好起来，女方家的条件是要盖一栋两层的楼，要有自己的院子。这样算下来，小弟弟的婚事要花上2万多元。二弟结婚时才花了1000元，三弟花了2000元，四弟花了4000元，现在五弟要花2万多元，已经结婚的弟弟和弟媳们都不愿意了，说乔梅亭偏心，既然给五弟花这么多就得给他们也补偿回来，这样才算公平。这几个弟弟显然忘记了乔梅亭只是他们的哥哥，而不是父亲。哥哥已经牺牲了自己的婚姻来成全每个弟弟的家庭和人生。即使是父亲在世，他们也不能提出这么不合情理的要求。

为了家庭的和睦，乔梅亭把两个弟弟叫到家里，当着母亲的面给他们做思想工作。乔梅亭说："你们两个都已经结婚成家，下面是没有结婚的弟弟妹妹，父亲去世得早，我们作为哥哥都要为后面没成家的弟弟负起责任，为他们成家立业。家里剩下的两间房子，不管好坏，作为补偿留给你们，你们两个都不能再提不合理的要求。"两个弟弟都同意了，但是回家跟媳妇一说，都不答应。准备结婚的五弟女方家也不愿意了，说房子不给五弟就不能结婚。为了五弟的婚事，乔梅亭最后不管弟弟们是否同意，把房子给了五弟，让他完成了婚事。为此，几个弟弟认为他不公平，和他彻底闹翻了。

而今，乔梅亭的五个弟弟中，有的已经当了爷爷。乔梅亭说:"他们哪一个都比我有钱,过着子孙满堂的生活,让我很是羡慕。有三个弟弟还在新野县城里买了房子,没有一个对我怀有感恩之心。"这些弟弟们,都忘记了乔梅亭这个哥哥为成全他们的家庭,牺牲了自己一生的幸福。

1987年,弟弟们相继成家后,母亲对乔梅亭说:"老大,你自己得攒点钱盖个房子,你独身一人今后怎么办?即使弟弟想养活你,媳妇们也不会愿意,你得考虑自己将来老了有地方住呀。"听母亲这么说,乔梅亭才开始考虑自己的事,他攒了些钱,在二分地上盖了两层楼,上下四间房,还有院子。新房盖好没多久,三弟媳妇就来说:"大哥,你自己也住不了这么大的房子,还是把你的房子给你侄儿吧,将来你老了,让他们给你养老送终。"于是,乔梅亭就把新盖好的房子给了弟弟和侄子们,自己搬到弟弟的旧房子里住。现在,弟弟和弟媳还没有兑现他们当初的承诺。

从2007年开始,乔梅亭就把自己赚的钱存了起来,再也不外露,他想给自己攒些钱,老了可以去养老院。

2008年,乔梅亭在宁夏张贤亮的镇北堡影视城进行耍猴表演,一住就是三年,他省吃俭用,攒了10万元钱。

2011年国庆节后,乔梅亭又被聘用到浙江横店影视城,跟着剧组拍电视剧《长安命案》,三个月下来赚了9万元钱。

乔梅亭回到家后就把这些钱存进了新野县农业银行,准备把这些钱留着,以后养老用。

2012年腊月，乔梅亭的母亲去世之前，对乔梅亭说："你和弟弟们这些恩怨都是钱惹的，也都是你自己作的，这一生你最对不起的就是你自己。"母亲的话里带着怨，带着爱，让乔梅亭心痛不已。

自小弟弟结婚后，乔梅亭的弟弟们都认为他不公平，都不再和他来往。

2013年4月25日，山西运城一个深潭大峡谷景区慕名来新野县聘请耍猴艺人。张俊然想起和兄弟们关系紧张、孤身一人的乔梅亭，就把他介绍了过去，每月工资5000元。

乔梅亭在那里的景区给游客表演猴艺，他的猴子驯得很听话，表演的项目花样多，很受游客青睐。

2013年7月的一天，表演结束后，一个叫李月霞的女人和一个叫赵飞的男人找到乔梅亭，表示想请他去他们的景区进行猴艺表演。交谈中乔梅亭得知，他们是山西运城永济市东方马戏团的。他们对乔梅亭这个老实巴交的耍猴人大加夸奖，还请乔梅亭一起吃饭唠家常。乔梅亭说等10月份与景区的合同到期后，可以考虑去他们那里。随后几天的交往中，乔梅亭逐渐放松了对他们俩的戒心，把自己的身世、和弟弟们不和睦的家事都告诉了李月霞和赵飞。李月霞和赵飞对乔梅亭更加关心起来。

2014年1月27日，距离春节还有四天，李月霞和赵飞突然开车来到乔梅亭家请他去山西过年。面对这样真诚的邀请，老乔心里很是热乎，于是就跟着他们到了山西夏县一个刚开发的景区。到了之后，乔梅亭才知道他们有一个马戏团，有三只老虎，四处游走江湖，靠马戏表演赚钱。李月霞答应春节这段时间，每天给乔梅亭300元工资。

他们把乔梅亭安排在自己家里住，对老乔格外热情，每天给他做饭、洗衣，甚至洗脚擦脸，这让很久没有感受到亲情的乔梅亭备感温暖，常常感动得流泪。"他们为什么对我这么好？世上难道真有这样的好人吗？""人家这么热情照顾自己是为了什么？"乔梅亭也常常这样问自己。犹豫再三后，乔梅亭还是相信了李月霞和赵飞。从大年初一到正月十五，乔梅亭就住在李月霞和赵飞家里，感受着久违的家的温暖。

过完年不久，一天晚上，李月霞、赵飞和乔梅亭一起唠家常，李月霞说："老乔，你猴艺玩得这么好，人也这么好，我给你成个家怎么样？有个家今后就有人照顾你了。"

老乔说："我弟兄多，年轻的时候就没想结婚，现在都这么老了，也没有必要再结婚了，再说了，人家谁愿意找我这么大年纪的？即使愿意嫁给我,也都是有儿有女的老女人，她们愿意跟我肯定是为了钱，没有钱、没有房，人家肯定不会跟我的。"

一听老乔这么说，李月霞就顺势说道："老乔，你真是好人啊，你说得很对，谁要是嫁给你，你必须得有钱养活人家呀，你也不能跟人家的孩子住吧？那也不是你的家，所以你得有自己的房子。"

乔梅亭听李月霞这么说，无奈地回答："那你们说，我该怎么办呀？"李月霞说："老乔，你现在有多少钱啊？我看看把你的事安排一下，要是能给你找个好女人，你就跟人家结婚，要是安排不了你的婚事，你就跟着我们过。反正你就孤身一人，我们的条件也好，能养得起你，活着的时候我养你，死了我埋你，实在不行我把儿子过继给你，你就是他的爸爸。"

乔梅亭感动不已，于是就把自己有多少存款告诉了他们。结婚的事，那两个人从此没有再提。

没多久，李月霞跟乔梅亭说："老乔，我们现在经营上出现些问题，经济有些紧张，你能不能先借给我 10 万块钱？"

刚开始乔梅亭不愿意，李月霞、赵飞还是每天给乔梅亭做饭，陪他喝酒，让乔梅亭感到既温暖又为难。

为了打消乔梅亭的疑虑，李月霞和赵飞就带着乔梅亭到山东泰安市新泰市，去看正在那里演出的马戏团。乔梅亭一看，马戏团里除了老虎，还有狮子、狗熊、狼、野猪等，规模还不算小。李月霞说："你看我有这么大的产业，你不用怕我还不起你的钱，这个马戏团将来就是你说了算，你来管理这个马戏团，每个月给你 8000 块工资怎么样？这个马戏团每天的演出收入你算算，演两个月就能赚回你借给我的

10万块钱。"

乔梅亭感到很为难，觉得不借给他们，自己心里有些过不去。看到这个马戏团后，老乔觉得心里有了底，心想将来就是李月霞真的还不起钱，也可以拿马戏团给自己抵账，这些东西也值10万块钱。想到这里，乔梅亭就答应借给李月霞钱。考虑到自己一个人在外地，借钱不能没有证据，乔梅亭就说要找个中间人做证明。

看到乔梅亭愿意借钱了，李月霞就带着乔梅亭找到自己认识的一个司机，让这个司机做他们的中间人。司机说："你们的事情你们说，我什么都不知道，我只是做个中间证人。"乔梅亭想再多问些情况，这个司机就只笑不说话了。乔梅亭在心里问自己："我给了她钱，以后她是不是就会变脸了？"乔梅亭那时已经有些担心，但这个善良老实的人还是把钱借了出去。

2月20日，李月霞给乔梅亭写了一个字据："李月霞借乔梅亭10万元，到2014年10月1日归还，如果不还可以拿马戏团以及饲养的老虎抵账。"

乔梅亭说："这个字据应该写成三份，你、我、证人都拿一份，现在你只写一份，怎么证明借钱的关系？"李月霞说："老乔，你相信我吧，借据一份就行，何必那么多，到时候你把钱给我，我把借条给你就行了。"站在一旁的司机也说不用写那么多。李月霞把字据往兜里一装，说："走吧，去取钱吧。"

乔梅亭的存款只能回新野县农业银行取，于是李月霞和乔梅亭坐长途汽车从山东回到河南。

2月24日，在新野县农业银行大厅里，值班经理王红珍看出乔梅亭取钱时的疑虑，就反复问乔梅亭取钱是干吗的，乔梅亭说："我要跟李月霞合作了，现在玩猴规模太小了，我想玩大的，把钱取出来投资她的马戏团，养殖老虎。"王红珍说："你一个老头子，赚这点钱多不容易，都这么大的年纪了，还要投什么资，即使投资，也不能一下投进去这么多，你能赚回来钱吗？可不要上当受骗呀！我们见过的事情多了，你不要上当。"

在场的营业员也都不赞成给乔梅亭取钱。王红珍问李月霞为什么要让一个孤寡老人给她投资，李月霞说："我是马戏团老板，你不要管这个事，到时候我就还他。"王红珍又说："老乔，她给你打借条了吗？你要一手交钱一手拿到借条啊，要不然让她在这里开户，把钱转给她，这样即使有事，我们这里也有证据。"

这时候的乔梅亭已经昏了头，王红珍的态度也把他惹恼了，他非要把钱给取出来。就这样，他从银行里把10万元钱取出来，交给了李月霞。

在银行，乔梅亭把钱装进李月霞的包里后，伸手跟李月霞要借条，李月霞却说："借条丢了，不知道放哪里了。这样吧，老乔，咱们回去后我再给你写一张。"其实乔梅亭这时候反悔还来得及，王红珍一直在等着他的反应，但乔梅亭仍然一句话都没说。李月霞后来去新野县邮政储蓄网点，把钱存到了自己的卡上。

就这样，乔梅亭跟着李月霞，又去了山东临朐县沂山镇的马戏团。

钱到手后，李月霞、赵飞对乔梅亭的热情荡然无存。

一天，乔梅亭打电话给在山西夏县的李月霞要工资，同时让李月霞把借据写一下。没想到李月霞说："嗨，你还敢要钱，你在我这里都干啥了？啥都不干就想要钱？没钱，你想走就走吧。"听了这话，乔梅亭伤心地哭了一天。

第二天，李月霞的外甥故意找乔梅亭的碴儿，和乔梅亭发生了肢体冲突。乔梅亭想，不能再在这里要猴了，于是又给李月霞打电话说一定要回家。李月霞依然说要钱没有，想回家就走吧。

伤心的乔梅亭无处诉说内心的苦闷，于是找到马戏团的领班，一五一十把给李月霞 10 万元钱的事情说了。马戏团领班一听就说："嗨，这老小子真是昏头了，这下子你可把钱给对人了。"听了领班的话，乔梅亭更加觉得自己上当了。

几天后，李月霞从山西回来，乔梅亭找她要工资准备回家，李月霞阴沉着脸问："你他妈的还敢出去卖我的赖，你说你给我投资了，你投资的钱在哪里？"边说边拉住乔梅亭，劈头盖脸就打，"你想走就走啊？把他的猴子扣下！"李月霞身边的人上来，把老乔的猴子拉走，同时把老乔的手机、身份证、银行卡都给收走了，还有一个8万元的养老金存折也给扣了起来。就这样，身无分文的老乔被困在了这里。

突然发生了这么多事，让乔梅亭心神不安，耍起猴来就没有了往日的精神，这让李月霞找到了理由，一旦不如意就对乔梅亭拳打脚踢，挨打对乔梅亭来说成了家常便饭，他也不敢还手。

为了要回自己的钱，乔梅亭还给李月霞的父亲打电话，没想到李月霞的父亲说：女儿根本就不听他们两个老人的话，她曾经借过父母5万元钱，如今母亲卧病在床，跟李月霞要了多次都不还，她怎么会还你的钱？李月霞和赵飞根本不是夫妻关系，赵飞是一个有家庭的人，李月霞跟着他以后，认钱不认人。他们已经给李月霞下了最后通牒，要是再不还钱就上法院起诉她。

李月霞的父亲还告诉老乔：借据上最好能让赵飞也签字，马戏团是赵飞的，不是李月霞的，一旦起诉李月霞，到时候赵飞肯定会和李月霞脱离关系，李月霞拿什么还你的钱？

李月霞父亲的这些话，让乔梅亭听后心里发冷。

3月10日，在山东泰安市宁阳县磁窑镇，乔梅亭和李月霞的马戏团去赶庙会。马戏团的领班让乔梅亭和手下几个伙计开着车，拉着马戏团的老虎和乔梅亭的猴子一起上街招揽生意。一个伙计为了让路人看到笼子里的老虎，就拿着拇指粗的铁棍去捅躺在笼子里的老虎。乔梅亭说："你想让老虎站起来，敲敲笼子就行。"这个伙计听了这话，就拿着铁棍去捅乔梅亭的猴子。乔梅亭拦住他说："我的猴子小，你不能这么捅，会把猴子捅死的。"没想到伙计上来就给乔梅亭一拳，乔梅亭在车上和伙计打起来。站在旁边的另一个人，拿起拇指粗的铁棍，照着乔梅亭的腰就是两棍子，把老乔从开着的车上打了下来。

乔梅亭被抬回到住处，疼得起不来床。李月霞过来看了看，却说他是装的。到了晚上，乔梅亭疼得喊个不停，连马戏团的人也看不过去，纷纷指责李月霞太狠。这时候李月霞才带着老乔去看病，没想到医生也被李月霞买通了，简单看了之后就说："没有事，给你开一盒头孢片吃吃就好了。"

第二天老乔还是起不来床，李月霞骂道："装你妈的死相，人家都出去干活了，你想偷懒不干活？必须起来！"乔梅亭自己花钱买了风湿止痛膏贴上，忍痛继续表演猴戏。一天下来，伤情加重，疼痛难忍。李月霞给了他50元钱，老乔便去买了些活血药和红花油，自己抹了抹。

几天后，老乔受伤的部位开始溃烂了。看到自己伤成这样，再在这里干下去，也许连命都保不住，乔梅亭坚决要回家，于是和李月霞说要回家给去世的老娘做周年。说完，不管李月霞答应不答应，牵着猴子就离开了马戏团往家走。在路边，老乔哀求长途车售票员把自己带上，并把自己的遭遇讲给他们听。售票员只收了乔梅亭 80 元钱，把他和猴子带到了河南郑州。老乔从郑州又辗转回到新野的家里。

回到家里，乔梅亭去了新野县农业银行，流着泪把事情经过跟银行值班经理王红珍说了。王红珍当时就急了，连说后悔当时没有坚决阻止乔梅亭取钱。王红珍让老乔赶快去新野县刑警队报警，银行里那一天的监控录像还保存着，要是再晚几天录像就会自动删除。

即使到这个时候，乔梅亭还是不愿报警。他怕报警后自己的生命会受到李月霞的威胁。他也不敢把自己的遭遇告诉村里的任何人，只能一个人在家悄悄流泪。直到他见到张俊然，才把自己的遭遇一五一十说了出来。张俊然当时带着乔梅亭去新野县公安局报了警，并到银行调取了当时的监控录像。

因为跨地区办案手续复杂，新野县刑警队建议乔梅亭和张俊然直接前往山东泰安市公安局报案，后来他们又被推到泰安市岱岳区大汶口派出所，副所长当时就派人找到了李月霞的马戏团。

李月霞一看到乔梅亭带着警察来了，马上满脸笑容地迎上来说："乔哥呀，我可想死你了。我正准备去接你呢，你可自己来了。你看看，你走的时候也不让俺送送，走了这么多天，也没有个信息。你看看，我把你的手机和存折都拿来了。你报警这是何苦呢，有啥事咱回去说。”

当时张俊然和乔梅亭与李月霞在派出所进行了协商，李月霞承认借了乔梅亭10万元钱，也承认欠了老乔8000元工资，但是现在经济紧张，没有那么多钱，只能先支付3500元工资，10万元钱给乔梅亭打个欠条，答应年底全部归还。

面对狡猾的李月霞，乔梅亭根本不是对手，几句好话就让这个善良的耍猴人心软了。看到李月霞这么痛快地答应还钱，他就答应了全部要求，使得原本一起诈骗嫌疑案变成了民间借贷纠纷。乔梅亭后来告诉我：“李月霞和赵飞每人都有两个身份证，上面的名字也不一样，究竟哪一个是真实身份，我也不知道。”

现在，乔梅亭被骗18万元的事在当地传得沸沸扬扬，几个弟弟知道后说：“看来他真是有钱啊，宁可被人骗去18万，也不给我们兄弟。”

乔梅亭说：弟弟们现在更加记恨我了。

老实纯朴、孤独终身的耍猴人乔梅亭。

耍猴人之"罪"

2014 年 7 月 18 日,我正在国外,忽然接到新野县猴艺协会会长张俊然的电话。他告诉我,7 月 10 日,村里四个耍猴人——鲍风山、鲍庆山、苏国印和田军安在黑龙江牡丹江市街头玩猴时,被当地森林公安局给刑事拘留了。

我从 2002 年开始跟踪这些耍猴人,到现在已经 12 年了。张俊然希望我给当地的森林公安局打个电话,解释一下这些耍猴人的生活,请他们通融一下、教育一下,把四人给放了。

8 月 6 日,回京后,我和牡丹江市森林公安局负责此案的警官通了电话,向这位刑警队长介绍这些耍猴人的情况和新野当地的耍猴历史与猴艺文化,告诉他:这些流浪江湖的耍猴人不是运输野生动物的罪犯。同时,希望他上网看看我写的有关耍猴人的博客,这样能对这些耍猴人有一个了解,有助于这个案子的人性化处理。当时,警官很客气地告诉我:他们一定去了解,也希望案子能有一个好的处理结果。

8 月 14 日,我接到刚刚被释放的耍猴人鲍风山的儿子鲍银锁的电话,他说鲍风山、鲍庆山、苏国印和田军安四人已经被强制取保候审，他们身上带的 6000 元钱被扣做取保候审金。而且，六只猴子也不归还他们，他们要住在牡丹江把自己的猴子要回来，因为那是他们自己家繁殖饲养的猴子，不是野生的猴子，这六只猴子价格在 5 万元左右，是家里的一笔财产，牡丹江的森林公安局不能把他们家繁殖饲养的猴子当作野生动物没收了。

这时候，距离他们四人被刑事拘留已经过去 35 天，牡丹江市森林公安局并没有把其中一只猴子已经死亡的消息告诉他们。

鲍风山、鲍庆山、苏国印和田军安四位要猴人在取保候审后，反复去牡丹江森林公安局讨要猴子。但他们等来的不是猕猴，而是起诉书。这次牡丹江森林公安局把他们带到 86 公里之外的东京城镇林区检察院，随后又提起刑事责任起诉，追究四人"非法运输珍贵、濒危野生动物罪"的刑责。

"牡丹江森林公安局为什么不在牡丹江市起诉他们？"我问。

鲍银锁在电话里告诉我："这里的检察院、法院不愿意接手这个不算违法的案子，他们说这不算犯罪。东京城镇林区检察院是牡丹江公安局的关系单位。"

听到这个消息的时候，我心里有一种说不出来的滋味。在中国逐步健全的法治体制下，一些基层执法者依然在利用法律赋予的权力去曲解法律的本质，制造一些错误的判决，

从左至右为：田军安、鲍庆山、苏国印、鲍风山。

这次竟要对几个生活在社会最底层、如同乞丐一样的耍猴人进行审判。法律要是缺失了良知作为基础，那么可怕的冷漠就会占据上风，取而代之的就是权力的滥用。

记得杨林贵和其他几个耍猴人都对我说过这样一句话："我们生活得这样贫困，不能去埋怨谁，我们牵着猴子行走江湖，赚钱养家，就是为了减少给政府带来的麻烦和负担。虽说生活苦点累点，但是能养家糊口过日子，怪好的。"

在中国农村，文化的传承和吃饭有着密不可分的关系。戏剧、杂技、年画、中医和食品制作，没有一种传统文化能和吃饭脱开关系。当今社会，很多中国传统文化逐渐消失，因为文化有了新的展现方式，传统的文化已经适应不了人们生活方式的改变，这些祖宗传下来的文化、手艺会很快消失。有些之所以没有消失，就是因为这个地方还不富裕，还要靠自己熟悉的手艺吃饭生活。新野的耍猴人正是在这样的情况下，才得以延续祖宗传下来的手艺，行走江湖，表演猴戏，赚钱养家。

野生猕猴是珍贵的保护动物，但这四个耍猴人携带的是自家繁殖饲养的猕猴，在法律上属于公民的私有财产。这四个耍猴人把自己家的猕猴从新野县"携带"到了牡丹江，仅仅是进行街头猴艺表演、赚钱，返家的时候还要把猴子带回家里。这种行为能算运输野生动物吗？"携带"猴子是不犯法的，而"运输"猴子是犯法的。更重要的是，要看谁来判定你是"携带"还是"运输"。

理解使用国家的刑事法条，最重要的是要理解其立法本意。刑法之所以设立非法运输珍贵野生动物罪，是要从运输环节遏制贩卖野生动物的犯罪行为。鲍凤山、鲍庆山、苏国印和田军安四人随身携带有地方颁发的猕猴驯养繁育证，足以证明这几只猕猴并不是野生的。单从其行为看，猴子显然是他们的表演工具，就像海洋馆里的海豚、马戏团里的动物一样，他们所从事的当然也并非犯罪勾当。以前耍猴人也遇到过这样的情况，但大多数执法部门仅仅是难为他们一下，处以罚款训教一下也就够了。这次要动以拘捕、起诉和审判，这对耍猴人来说是第一次。我们知道,定罪除了依法律条文，还要以情、以理、以民间认同的习俗为量刑依据。

在河南新野县樊集乡、沙堰镇的十几个村庄里，有上千户人家在从事饲养繁殖猕猴产业，在 20 世纪 80 年代，这里外出耍猴的艺人有 2000 人之多。耍猴人在农闲的时候带着猴子外出卖艺赚钱，他们露宿在街头、桥洞和废弃的房子里，赚不到钱的时候就以乞讨为生。他们和猴子相依为命，猴子的命比他们自己的命都值钱。他们带着自己家的猴子出来赚取一些赖以生存的饭钱，再带着自己的猴子回家，从来没有发生过把他们的行为定为非法运输野生动物罪的事情。

按此逻辑展开，国家所有马戏团以及合法拥有属于国家保护动物的宠物的人，如果没有及时办理运输手续而携带、运输保护动物，均可判刑坐牢。

这些猴子在新野县已经繁殖了数代，它们已经是饲养者的私有财产。在新野，村里的耍猴人都习惯把猴子当成"牲口"。

既然是公民的私有财产，就受到国家法律的保护。《中华人民共和国宪法》明文规定："公民的合法的私有财产不受侵犯。"财产所有权是指所有人依法对自己的财产享有占有、使用、收益和处分的权利；公民的个人财产，包括公民的合法收入、房屋、储蓄、生活用品、文物、图书资料、林木、牲畜和法律允许公民所有的生产资料以及其他合法财产。

《中华人民共和国刑法》第三百四十一条第一款的规定是这样的："非法猎捕、杀害国家重点保护的珍贵、濒危野生动物的，或者非法收购、运输、出售国家重点保护的珍贵、濒危野生动物及其制品的，处 5 年以下有期徒刑或者拘役，并处罚金；情节严重的，处 5 年以上 10 年以下有期徒刑，并处罚金；情节特别严重的，处 10 年以上有期徒刑，并处罚金或者没收财产。"

这里所说的是有前提的，这些耍猴人既没有收购，也没有出售猕猴。东京城镇林区检察院却在这条法文之间单提出"运输"这一罪名，那么运输总要有收购和贩卖的因果关系吧，仅仅是运输，就等于这个事件没头没尾，让人感到莫名其妙。

法掌握在什么人手里、用在什么人身上？一边是弱势的"耍猴艺人"，另一边是追究刑事责任的强势的国家权力机关，这种结果让人感到莫名的沉重。

我在想，这本是一件不复杂的事情，怎么发展到这么严重？鲍风山的儿子鲍银锁在电话里告诉我："森林公安局抓他们的时候，由于粗暴执法，围观的群众看不下去，和他们发生了口角。群众把耍猴人救了下来，还打 110 报警，这让森林公安局很没有面子，他们才这样报复我们。而且，有一只猴子在他们的看护下死了，公安局没有办法解决这个事情，只有把我们定罪，才能开脱他们对猴子的死所负有的责任。"

事情真的是这样吗？

这一点，我在随后和本案的辩护律师宋杨通电话时也得到了证实。宋杨告诉我说："这个案子一开始就有问题，第一次刑事拘留时，他们不起诉这四个耍猴人，而是在耍猴人被取保候审后找他们反复索要猴子时才起诉，这种做法不合常理。另一个疑问是，这个案子的事发地是牡丹江东安区，森林公安局不在事发地所属的东安区的检察院、法院进行刑事起诉审判——在牡丹江周边就有海林、柴河、林口等几个林业检察院、法院，为什么却要跑到 80 多公里外的东京城镇林区检察院、法院去进行刑事审判？其中最关键的是，那只猴子的死由谁来承担责任？如果耍猴人没有罪，那就意味着牡丹江森林公安局之前对他们的拘押是执法错误。"

牡丹江森林公安局之所以这样做，是因为牡丹江市区检察院、法院没有人愿意接这个不成案子的案子，而现任的牡丹江森林公安局局长之前是东京城管委会主任。这个因果关系不言而喻。

对此，牡丹江市森林公安局拿出黑龙江高检、高院、公安和林业部门联合颁发的〔2008〕123 号文件，说文件中有可以异地审理的规定。宋杨律师说："即使有这样的文件规定，它也不能取代法律文书。最高人民检察院明确规定：检察院要接异地的案子，必须要有上级检察院指定管辖决定书。没有上级检察院的指定管辖决定书，就意味着东京城镇林区检察院越权参与了这个案子的审理。"

9月14日，张俊然和江湖拍客老曹赶到了牡丹江市，他们在当地调查多日，在和公安局、检察院、法院的见面中录、拍了大量的录音和录像，还出庭旁听了整个审判过程。

9月23日上午，东京城林区基层法院开庭审理鲍凤山、鲍庆山、苏国印和田军安四人所犯的"非法运输野生动物罪"。

黑龙江昂泰律师事务所的律师宋杨，在法庭上为四个耍猴人做了辩护。

宋杨律师认为："刑法第三百四十一条非法运输珍贵野生动物罪应该是指收购、出售野生动物当中的运输，而不应该是合法拥有物权的动物的运输。没有运输证的确触犯行政法规，但并非收购、运输、出售野生保护动物所触犯的相关法律，带着自家的猴子去外地表演不属于违法，有驯养繁育证，没办运输证，其行为顶多属于行政违法而不是刑事犯罪。被公诉人的运输行为不构成犯罪，为此法院对被公诉人的有罪判决不合法。"

庭审在场的除了法官、四个警察和四个耍猴人，就是张俊然和老曹。

法院最后依据《中华人民共和国刑法》第三百四十一条第一款、第二十五条第一款、第三十七条，《最高人民法院关于审理破坏野生动物资源刑事案件具体应用法律若干问题的解释》第一、二条的规定，判决鲍风山、鲍庆山、苏国印和田军安四人犯非法运输野生动物罪，免予刑事处罚。

这个判决与其说是同情鲍风山、鲍庆山、苏国印和田军安这四个耍猴卖艺的人，还不如说是给了牡丹江森林公安局面子，为他们提供了其行政执法正确的理由。

当天下午，鲍风山、鲍庆山、苏国印和田军安就被释放了。

9月24日，四个耍猴人到牡丹江森林公安局索要自己的六只猴子。然而公安局局长和政委都表示，要研究一下才能决定给不给他们猴子。一连两天，都是这样答复他们。

其实问题在那只死去的猴子身上，只是这四个耍猴人不明白罢了。

9月26日上午，张俊然找到局长办公室，私下对他说："我们不追究死去猴子的责任了，你把剩下的五只猴子还了，我们就走。"

局长听到张俊然这么表示，就说："看来你还是个明白人，他们四个人要是早这样说，也就没有这么多事情了。那就让他们四个人写一个证明，证明猴子是自然死亡，与我们没有关系，你猴艺协会也盖个章，就把剩下的猴子带走。"

随后，局长就让警员带着他们去公园里领猴子。

在公园里，工作人员从冰柜里拿出了那具冻得僵硬的猴子尸体，鲍风山抱着猴头痛哭不已，像失去自己的亲人一样痛苦。鲍风山说，这只猴子阿丹和他相伴多年，和他结下了

四个耍猴人手持免予刑事处罚判决书，在看守所门前合影。

深厚感情，它是玩猴戏的主角，啥节目都会表演，非常聪明，有灵气，通人性，像自己的孩子一样。阿丹跟随他的十年当中，演猴戏赚的钱，先后供养了家里的两个大学生，是家里经济收入的顶梁柱。

鲍风山询问公安人员猕猴是不是被打死的，公安人员说是它自己病死的。

鲍风山原打算把猴子的尸体带回家安葬，无奈猴子的尸体开冻后无法携带，四个人只好找了个林子，把它埋葬了。

当天晚上，他们就乘车回家，离开了这个让他们心惊胆战的地方。

虽说耍猴人已经回到家中，但就此案本身来说，还存在

四个耍猴人的免予刑事处罚判决书。

着诸多疑点。比如为何警方主动为涉案艺人办理取保候审？为何耍猴人在讨要猴子发生争执后，却等来起诉书？为什么把他们送到80多公里外的东京城检察院、法院，而不在牡丹江市的基层法院审理？猴子在他们的保护下死亡，是谁的责任，谁来赔偿？

10月4日，利用国庆节假期，我来到了新野县鲍湾村，想见见这四个耍猴人，让他们讲述一下这次在牡丹江街头耍猴被抓的真实经过。

10月5日上午，在张俊然家里，我见到了这四个耍猴人。在乡村，从牢房里刚释放出来的人自己都感觉低人一等，见人都会有些弯腰恭维的举止，不敢跟人对等站立，看起来他们还惊魂未定。

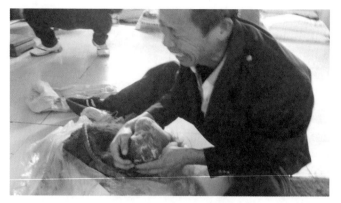

工作人员从冰柜里拿出冻得僵硬的猴子尸体,鲍风山抱着猴头痛哭不已。鲍风山说,这只猴子阿丹和他相伴多年,像自己的孩子一样。演猴戏赚的钱,先后供养出了家里的两个大学生。

2014 年 10 月 5 日,四个耍猴人讲述在牡丹江街头耍猴被抓的真实经过。

我和他们聊了两个小时。通过他们的讲述，我才知道这件事情为什么让他们害怕。和那些手中掌握了国家赋予的权力的人相比，几个耍猴人显得多么卑微。权力一旦被滥用，就会给民众带来莫大的恐惧。

2014年6月23日，鲍风山、鲍庆山、苏国印和田军安四人牵着六只猴子从新野家里出发，前往东北耍猴卖艺。他们乘坐长途汽车，第一站到了沈阳。在沈阳，已经有了一班耍猴人在街头表演。按照他们的江湖习惯，耍猴人的班子不能彼此拆台，一方已经在这里耍猴，另一方就要另寻地方。于是他们就继续乘车到了哈尔滨，在市郊耍了半个月猴。

7月9日中午，四人又乘车来到了牡丹江市，在那里耍了半天猴戏，第二天上午，他们就被前来的森林公安局的警察带走。

鲍风山第一个向我回忆了事情的经过。他生于1963年，家里有四口人、五亩地，有30多年的耍猴经验。人看着瘦小，但很利索，是一个不惹事、不怕事的人，遇事敢于和人讲道理。他说：

7月10日中午，我和田军安在牡丹江市东安区文化广场步行街里玩猴。步行街人很多，比较容易吸引人，能多赚钱。中午的时候，按照惯例，城管、公安、管理人员都去吃饭了，我们就能钻会儿空子。没有想到，我们俩刚耍了不到 20 分钟，两个身穿公安制服的警员就来到我们面前，没有出示证件，也不说他们是干吗的，就说跟他们走。我们俩也是在江湖上行走 30 多年的人了，一看势头不对，就赶紧对他们说："你不让我们耍了，我们马上就走。"我们俩赶紧拉起猴子就走，两个公安就在我们身后跟着。跟了有一公里的路程，在一个十字路口，他们让我们站住，要等他们一个领导来看看怎么处理。

我们两个就在路边等。一会儿来了一辆轿车，车上下来一个身着便服的人，指着我们说："把他们带走。"那两个人要把我们往车上推，我们争辩说："为什么要把我们带走？"猴子一看我们要被抓走，也对抓我们的人吼叫。田军安不愿意跟他们走，让他们出示证件，有个人就推搡田军安说："你小子不老实是不是？"说完就抓着田军安的头往车里按。

田军安，1966 年生，家里有 12 亩土地，在这四人当中家境算是比较好的。他耍猴有近 20 年了，在四人当中身体是比较壮的，身高有一米七四，但其实胆小怕事，属于背后敢说话出主意、当面怕事的人。他告诉我：

警察和我们的争执引来很多围观群众，当时有上百人之多。有人就问他们："为什么抓这些讨饭的耍猴人？""警察怎么没有穿警服开警车？"围观群众当中，有人拨打110报警。110到场之后，这几个森林公安人员才出示证件。110走后，宋庆军继续把我往车里按，用脚把我往车里踹。我的上身已经被按在车座上，两条腿还在车外。一旁围观的群众同情我们这两个耍猴人，几个人就把我从车里往回拽，从警察手里把我给拉了回来，掩护我赶紧逃走。一个路过的出租车司机让我上了他的车，送我走了很远。这样我才没被警察带走。

田军安说到这里，鲍风山接着说：

在田军安被警察抓住往车里按的时候，围观的人对我说："你还傻站在这里干吗？还不赶紧走。"我就赶紧牵着猴子往前走，一个警察始终跟着我，我没有走出多远就被他拦下。抓田军安的那个人又过来抓我。围观的群众第二次报警。这次110来了两辆警车。我们跟警察解释说："我们是街头耍猴人，他们不让耍，还非要把我们带走。"这时候，森林警察说："我们只是要带他们去给猴子做一下检疫，要是没有事就放他们走。"他们这样一说，出警的110警察就对我说："那你就跟他们走一趟，到那里检疫一下，没有事不就让你走了吗？"

就这样，我上了他们的车，被带到了当地的公园。他们把猴子关进了公园里，把我带到了森林公安局。

在公安局的审讯室里，刑侦科长指着我说："信不信我把你的猴子打死？"

我说："你有权力也可以把我打死。"

看到我这么说，刑侦科长说："你还狡辩，信不信我把你关起来？"

他们把我铐在审讯椅子上，让我交代其他几个耍猴人住在哪里。7月份正是最热的时候，审讯室里更热，他们审了我三个小时，我口渴得要命，几次要水喝都不给我。后来晕在审讯椅子上了，才给我拿来水喝。

这次抓我们几个耍猴人的时候，这些森林公安局的警察和群众在街头发生了摩擦，这让他们感到很没有面子。他们当着我的面，给上级领导打电话请示该怎么解决这样的问题，还问是不是需要请记者来采访一下，澄清他们的执法行为。

下午，和苏国印搭班的鲍庆山听说哥哥鲍风山被抓，就拿上身份证和家里的猕猴养殖证，找到牡丹江市公安局。市公安局告诉鲍庆山，鲍风山是被森林公安局带走的，让他去那里找。

鲍庆山，1968年出生，家里有五亩地，和哥哥鲍风山搭班外出耍猴30年，几乎走遍中国每个省。他比哥哥胆小一些，也没有哥哥会说、敢说，人显得单纯、稳当。鲍庆山说：

> 我到森林公安局找他们的时候，公安人员也不说我哥哥是不是被他们抓到这里了，就问我："你们那个田军安在哪里？他们把我们公安局的人员给打了。"
>
> 我说："我不知道我们住的那个旅店叫什么名字，你们要是不相信我可以带你们去找。"
>
> 他们把我的身份证拿走后，就用手铐把我扣在了那里。

随后，几个警员找到了他们住的新安招待所。

苏国印，1957年出生，有近40年的耍猴经验，是这四个耍猴人中最年长的一个，一看就是一个老实巴交的乡下人。由于风吹日晒的原因，他脸上的皱纹比较多，显得比较老。他身材瘦小，是个胆小怕事的人，遇到麻烦事的时候，说话都哆嗦。苏国印说：

> 那时候天都快黑了，我在旅店里休息，田军安没有回来，我也不知道田军安和警察之间发生的事情。

几个警察一进来就问："田军安在哪里？"我吓得不行，说："我没有见到田军安。"他们一看我也带着猴子，就把猴子装进笼子，把我也带到了公安局。

这时田军安补充说：

我回到旅店，一看鲍风山、鲍庆山和苏国印三个人都被抓进去了，心想：我自己也跑不了呀，他们要把我定为袭警罪，要是跑了被抓到会判得更重，我还不如去森林公安局和他们三个在一起。于是我就拿着身份证去了森林派出所，对警察说："我叫田军安，我来投案自首。"一个姓万的警官对我说："嗨，你还知道投案？你们这次把事情搞大了。"

事发地当时就有监控，是围观的群众把警察推到一边，把我救了出来。要是没有监控，他们就能把我定为袭警罪，那就麻烦了。

他们把我们每个人都审问了一遍，做了记录。那时候天都黑了，就让我们在刑拘证上签字。当时我们都拒绝签字。不签也不行。夜里就把我们送进牡丹江第二看守所。当时刑侦科长对我们说："让你们闹吧，把你们'砸'在里面。"

我问："你们几个进过拘留所吗？知道进去会怎么样吗？"

苏国印说：

没有，只是听说进去的时候会先挨一顿揍，牢里的犯人会打新进去的犯人。

进看守所的时候要把自己的衣服脱光，穿上看守所的红色号服。我进去的是 18 号牢房，进门的时候吓得浑身哆嗦呀，怕挨揍。这个牢房里一共有 18 个犯人。我刚进去的时候，里面的犯人都不说话，眼睛盯着我看，越看我越哆嗦。

牢头慢条斯理地问："说说你是犯了什么罪进来的。"

我就说是在街头耍猴的时候被抓进来的。犯人们一听都哈哈大笑，说警察疯了，在街头耍个猴也成罪犯了。

我住的号子里面，有犯金融诈骗罪的，有滥伐林木罪的，还有一个小偷，都关在一起。我怕挨揍，在里面很听牢头的安排，每天抢着擦地、刷厕所、干活。就有一次不小心踢到了一个犯人的碗，被他给揍了一顿。

鲍风山说：

我被关进了 13 号牢房，里面有 20 个人，我进去的时候，牢头对我还不错。牢房里面有一个 31 岁的死刑犯，他叫姬典强，据他说他杀了 11 个人。他是重犯，戴着手铐脚镣，牢头让我睡在他的旁边。他都是快死的人了，却很开心，和我很聊得来。在牢里有一个规矩，不管谁家送来好吃好喝的，第一个要先分给死刑犯，因为他在世上活不了多久了，必须让他吃饱喝足。

我在里面经历了四个牢头：第一任倪玉成，犯的是金融诈骗罪；第二任董建锐，是个杀人犯，20 年前过失杀人入狱；第三任施泽伟，犯的是容留吸毒罪；第四任徐大鹏，犯的是故意伤人罪。杀人犯最后会和我们分开，被批捕后，就转到了看守所的二楼。

鲍庆山说：

我进去的时候和他们都一样，脱光衣服，检查身体。我进的是 8 号牢房。脱衣服的时候，他们发现了我藏在裤裆里的 6200 元钱。在公安局搜身时他们没有摸到我的裤裆，就没有被搜出来，到看守所必须脱衣服，这才被发现了。看守所的管教让我把钱数一下，让牡丹江森林公安局拿走。

当时是晚上九点多，牢里面已经有 19 个人，加上我 20 个人。我睡在 1 号铺位。我怕夜里他们打我，躺在那里一夜都没敢睡觉。早晨第一个起来，抢着冲厕所、擦地板、干活。牢里的人看我怪有眼色的，就没有揍我。就这样，干了20多天后，和他们熟悉了，我才放心。这个牢房里也有一个杀人犯。这个人和朋友合伙把另一个朋友给杀了，但主谋却没有被捕，他成了主犯。他觉得自己上当受骗了。

里面还有一个城管大队的指导员，他是替市领导顶罪进来的。市领导开车撞了一个教授，就说让他先顶罪，过几天领导就把他给捞出去。关了一阵子，领导也没有把他捞出去，法院要开庭审判的时候，他才说了实话，说自己是顶罪进来的。一个星期后，他被放了出去。

在牢里住的那些日子，每天都有被森林公安局抓进来的人。我那个房间，出出进进，前后有20多个人是被森林公安局抓进来的，每人交1万到4万不等的钱，就可以取保候审，否则就别想出去，等着被判刑。

监狱里的一个警官，当着我们的面说："森林公安局抓这么多人进来，早晚会犯错误的。"

田军安说：

看守所有一个规定：在外面有冲突，身体有伤的人看守所不收。怕犯人受伤死在里面，那样看守所就要承担责任。

看守所给我进行身体检查，把衣服上有金属的东西都拽掉，以防自杀、自残。我被关进 11 号牢房。我进去的时候，里面已经有 19 个人了。我住的那个牢房里也有一个杀人犯，他是在夜市喝酒，跟人发生摩擦，用酒杯把对方打死后投案自首的。因为投案自首，在牢里没有戴手铐脚镣。如果不是自首，被警察抓住的杀人犯，在牢里就要戴上很重的手铐脚镣。后来我又被转到 8 号牢房。

我做过建筑，我们住的牢房面积有 30 平方米。每个牢房里面都有监控，是无死角的监控。牡丹江第二看守所是全国模范监狱，整体上比较规范。里面的犯人对这个监狱评价也不错。一天三顿饭，白菜汤加黄面发糕，虽说吃不上肉，但是能吃饱饭。犯人家属还可以往监狱里面存钱，有钱的犯人也可以点餐，吃些好的。里面的烧鸡 80 块钱一只，比外面贵很多。

我说："因为是全国模范看守所，所以你们在里面能吃饱饭。我以前有一个朋友的哥哥被关了一个月，每顿饭就两个窝窝头，出来的时候人饿得瘦了 20 斤。所以，我印象中看守所里不但挨打，还吃不饱饭，幸亏关你们的是模范看守所。"

鲍风山喝了口水说：

在牡丹江第二看守所里，我们基本上没有受罪。其实我们进去的第二天，放风的时候就知道猴子死了。牢房里的犯人都知道有四个耍猴的被抓起来了。放风的时候我们听其他犯人讲，牢里有公安局的卧底，为的是对犯人实行摸底，所以外面的消息能传进来。这些在牢房里做卧底的人被称为"金牌卧底"。他们用公安人员，更多的是用一些想立功赎罪的犯人做卧底。这些卧底主要是对付那些犯有大案又隐瞒、不彻底交代的在押犯人。森林公安局去看守所审讯过我们三次，每次审讯完，警察都会拿出七八张白纸让我们在上面签字，告诉我们这是履行手续时用的，签完字我们就可以走了，猴子也会归还给我们。至于签字的这些白纸上后来被警察写了什么，我们并不知道。

我问："这期间你们没有向审讯人员申诉，要求提前释放你们吗？"

田军安接着说：

按照法律的规定，公安局有 30 天刑事拘留权。人民检察院应当自接到公安机关提请批准逮捕书后的 7 日以内，做出批准逮捕或者不批准逮捕的决定。检察院来看守所审讯过我们，听完我的诉说后，就说："你们这不算什么大事，到时候就释放你们了。"我们被关了35天后，8月13日被森林公安局取保候审。

森林公安局去看守所为我们办理取保候审手续的时候，刑侦科长把我们叫到一个小屋里说："小子们，猴子不给你们了，你们要是去告的话就随着你们告，你们要是想在这里折腾的话我们就对着折腾。"

随后，他给我们办了取保候审，公安机关可以随时传唤你，也可以随时再次把你关起来。他用我们的6000元，为我们强制办理了取保候审。

刑侦科长还对我和苏国印说："我看你们两个人老实听话，你们乖乖地在这上面签字，等他们俩走了，我给你们俩在公园里找个驯养猴子的工作，你们就在这里干吧。"

我们俩当时还有些相信他。我和苏国印在上面签了字，刑侦科长还把取保候审剩下的200元钱给了我们俩，我们俩就先走了。

鲍风山、鲍庆山兄弟俩说："我们始终不承认犯罪，我们不在取保候审书上签字。我们俩因为拒绝签字，被扣到夜里才被释放。"

宋杨律师认为，公安局的做法是不正常的。按照正常流程，取保候审都是被拘留的人主动申请并交钱，不会有公安局代办的情况。刚被刑拘的时候，公安局曾经对鲍庆山的儿子说，只要交5万元，就能给他们四个耍猴人办理取保候审，但是他们拿不出这么多的钱。

田军安说：

释放后的第二天，8月14日，我们四个就去森林公安局要自己的六只猴子。刑侦科长对我们说："每只猴子按2000元钱的价值计算，再按照十倍罚款，就是12万，你们要是交了这12万的罚款就把猴子还给你们。我看你们还是回家吧，给你们开一个证明，取保候审在当地执行，这也算是照顾你们了。"

四个耍猴人每天到森林公安局索要自己的猴子。公安局拒绝归还他们的猴子，他们只能到森林公安局的上级——牡丹江市林业局纪检处反映情况。这时候他们才知道，牡丹江林业局的副局长就是现任森林公安局的局长。

纪检处接待了他们，答应将这个情况向他们正局长反映，但是说正局长外出了，就让四个耍猴人耐心等待。就这样，鲍风山、鲍庆山、苏国印和田军安四人在近一个月的时间里，在牡丹江打工、露宿街头，等待林业局的回复。这期间，他们还到省会哈尔滨去找有关部门反映他们的问题。

这四个耍猴人索要自己六只猴子的坚定决心，让牡丹江森林公安局没有想到。更让耍猴人没有想到的是，他们等来了第二次被抓捕、审判。

9月1日，刑侦科长开车把他们四人带到了距离牡丹江86公里的东京城镇林区检察院起诉科，就此案提出起诉。东京城镇林区检察院就此案提起公诉，以没有野生动物运输证为由让他们四人认罪，第二天就把他们给定罪了。

鲍风山说：

在东京城镇林区检察院起诉科，我向审问我们的检察官申辩说："耍猴在我们新野是祖祖辈辈留传下来的传统，而且我们有猴子的饲养证，证明猴子是我们自己繁殖饲养的，这怎么算犯法？运输证是给运输贩卖猴子的人办理的，我们是牵着猴子走江湖卖艺的人，又不是收购、运输和贩卖猴子的，怎么办理运输证？新野猴戏2009年6月被河南省人民政府公布为'河南省省级非物质文化遗产'项目，我们玩猴戏怎么就犯法了？"

我告诉检察官，牡丹江森林公安局在抓我的时候，有很多行为是违规、违法的。检察官听了几句就不让我说，在审讯记录上根本没有我说的这些话，只记录有我们四人怎么从家开始来东北、怎么把猴子运输到牡丹江的过程。

我问她："为什么我说的公安局打人、没收我们的钱、猴子被打死你都不记录，为什么公安局说的你都记录？"

检察官指着我说："你说猴子被打死，你有证据吗？你再说，再说信不信拿枪打死你，信不信我把这六只猴子的罪都扣在你一个人的头上，把你搞进去？"

我说："你们的权力大，你们的权力大于法，你们说什么就是什么。"

最后，她拿着审讯口供记录让我们签字，签字的时候还问："你们认罪不认罪？我诱供你们了没有，威胁你们没有？"

看到这样的阵势，怕事的鲍庆山、苏国印和田军安三个人被吓得躲在起诉科的门外，只有鲍风山在和他们争执。最后也只有鲍庆山、苏国印、田军安三个人在认罪书上签字。

我问鲍风山："你为什么不害怕他们？你们认罪没有？"

鲍风山说：

怕呀，怎么不怕？怕我也不认罪，都认罪了，人家就可以随便判你。我和他们争辩的目的，就是想让他们知道我们不容易，人心都是肉长的，总能唤起他们一些良心吧，不要把我们判刑。以前我们也被城管、警察抓过，我一说自己的情况，人家心里也明白我们这些耍猴人可怜，都是训斥一下就让我们走了，可是这次遇到大麻烦了。

9月4日，这个案子到了法院。按照审查程序，从检察院到法院一般需要两个月的时间才能确定一个案件。

东京城镇林区基层法院一个工作人员对鲍风山、鲍庆山、苏国印和田军安四人说："要是有人保你们的话，你们交一些保释金可以在外面等待开庭，没有保人的话就只能再把你们羁押起来。"

田军安说："你看我们身上也没有钱，流浪街头快一个月了，吃不饱饭，也没有地方睡觉，要是把我们羁押起来，我们还有吃饭和睡觉的地方。"

这次他们被关进东京城林业看守所，进去后还是脱光衣服，检查身体，穿上号服。

鲍风山告诉我：

第二次进去，进的是002号牢房，有了第一次进看守所的经历，这次就不那么害怕了。里面有五个人，有三个都是被森林公安局抓进来的，一个被判盗伐林木罪，获刑八年。另一个也是盗伐林木罪，在这里已经关了快一年了，我进去的时候他才刚拿到法院的判决书。还有一个也是盗伐林木加销赃罪，在等待法院的判决。剩下两人，一个是寻衅滋事，一个是偷摩托车的小偷。

田军安说：

　　我进的是003号牢房。里面关了五个人，牢头叫杨锦辉，是一个承包林场老板，因盗伐林木被关进去。里面还有一个杀人犯谭文国，因为什么杀人我没有问，问这个是比较忌讳的。这个人的案子，二审的时候省林区中级人民法院已经维持原判了，正在等待最高院的死刑核准。他戴着60斤重的脚镣，基本上不能行动。因为是快死的人了，家里经常给他送一些吃的，他就分给我十几包方便面、十个苹果。我心里还挺感谢他的。还有一个犯寻衅滋事罪的，一个盗伐林木罪的——他其实很冤枉，老板让他干啥他干啥，结果被定盗伐林木判了四年。还有一个种植人参的人，在种植人参的时候清理了林子里一些树木，被定为盗伐。

　　看守所里要求我们每天吃完饭就打坐反省，上午打坐四个小时，下午打坐四个小时。这个看守所很差，跟牡丹江第二看守所不能比。每天连饭都吃不饱，一天就两顿饭，每顿就一碗白菜汤、一块包谷馒头。吃了上顿我们就想着下顿，饿得不行。

鲍庆山说：

我进的是 004 号牢房，里面有五个人，有两个被判盗伐林木罪，一个是寻衅滋事罪。犯寻衅滋事罪这个人 26 岁，他是去要账的时候，被债主骗到了公安局局长的办公室，于是就把他定为寻衅滋事关了进来。还有一个在山上种地的人，拿着猎枪打野猪的时候把弟弟打伤了，被定为私藏枪支罪。最后一个是惯偷，因为偷盗进看守所八次了。

鲍风山说：

我进看守所 12 天后就得了肠炎，不停地拉肚子，向管教反映多次，也要了多次药，始终没有人给我治疗，一直到走出看守所。我的家属给看守所寄去了 1000 元钱，看守所也没有给我。

苏国印说：

我进的是 007 号牢房，牢房里面只有两个年轻人，都是因盗伐林木被森林公安局抓进来的。我在这里被关押的 19 天里，这个牢房里前后关过 20 多个被森林公安局抓进来的人，定的都是盗伐林木罪。大多数都是交钱后被判缓刑，或者取保候审出去了，这两个人说他们没有关系也没有钱，只好在牢里待着。

在进去的第三天，东京城镇林区检察院到看守所提审他们，让他们在认罪书上签字，并告诉他们："认罪了就给你们判缓刑，那时候你们就可以出去了。"

鲍风山说："我是一个耍猴人，猴子是我饲养的，我是卖艺的，我没有犯罪，我不签字，不认罪。"

四个人里，只有鲍风山没有在认罪书上签字。

我问："你们第一次进监狱，前后被羁押 54 天，有什么感受？"

鲍风山说："偌大一个公安机构，跟我们几个流浪街头的耍猴人斗气，把我们判刑，实在不光彩、不仗义、不敞亮。他们抓我们的时候，旁边的老百姓看我们可怜，本想帮我们一把，可没有想到把警察给惹恼了，非要治我们的罪才能解气，一步一步地整我们。其实他们当时要是罚我们一万块钱，我们也会给他们的，没有想到事情会发展到这个地步。"

我问："你们准备上诉吗？你们自己决定，不要受到外界的影响。"

鲍风山、鲍庆山、苏国印和田军安坐在我面前，低着头，面露难色，看起来他们心里很矛盾。

田军安说：

我们是农民，大老远地再跑到东北去上诉，要花费很多精力和钱财。俗话说："杀敌一千，自损八百。"我们赔不起呀。耍猴人祖祖辈辈没有犯过法，法是个什么样，以前不知道，经过这次牢狱之灾，才知道这里面有这么多黑暗和可怕的东西。再说了，要是上诉，我们是不是还要去牡丹江？到时候他们再把我们抓起来怎么办？再被抓进去，就不知道能不能活着出来了。牡丹江在我们的脑海里已经是一个很可怕的地方了，我们新野的耍猴人都知道这事了，再出去耍猴，谁都不会再去那个地方了。这些心理创伤别人是不会理解的。

和我们聊天的过程中，田军安把苏国庆叫了出去，两人为上诉不上诉在外面吵了起来。田军安的意思是不想上诉，但是他一个人不上诉又不好。

在我离开的时候，鲍风山、鲍庆山、苏国印和田军安告诉我："上不上诉，我们几个商量后再决定。我们当然希望猴艺协会能帮助我们，当然希望上诉能洗清我们身上的罪名、赔偿我们死去的猴子。"

10月8日，当田军安和苏国印还在为上诉犹豫时，鲍风山、鲍庆山兄弟俩已经在判决生效的最后一天寄出了上诉状。他们决定上诉洗清自己的罪名，也为整个新野的耍猴人寻求一条法律许可的生路。

耍猴人还说："已经死了一只猴子，这个责任谁负？既然森林公安局将合法饲养的猴子以保护野生动物的名义暂扣起来，那就应该对猴子的生死负责任。这只猴子在他们的看护下死去，那牡丹江森林公安局应该赔偿我们的损失。"

北京大学社会学教授夏学銮认为，既然猴戏被列为国家非物质文化遗产，就不应该还用地方、行政法规来限制，这是与初衷不相符合的，中央到地方及相关部门要出台政策制度来给予配套。

这个案子的很多法律矛盾，其实就意味着需要行政法规做出正确的解释。

这个案子出来之后，国内很多媒体都做了报道。其中媒体最关心的话题是：耍猴是一种陋俗，和现在的社会文明与进步有着很大的冲突，这些耍猴人今后的生活会是什么样子？

我想，中国是一个地域广阔的国家，地区贫富差异至今还很大，我们每个人不能以自己生活的地区的生活方式去理解另一个地区人的生活方式。他们的很多生活方式是我们所看不到的。在一个贫穷的地方，一个人能找到一种不违反法律和伦理的方式生存下来，能自食其力，就很不容易了。这就像生活在当下的我们，不能去评价、指责古代人的生活方式和文明程度一样。

季卫东博士说过："制定动物保护法既体现了人类对有生命的活物的关注，体现了人类自己道德标准的进一步提高，当然还有人与自然的关系更加和谐的理念。这对人类社会还有一个影响，动物的权利尚且得到主张，那么人类的权利必然会进一步加强。动物权利与人的权利有一种互动的关系。保护动物说起来是动物的问题，实际上是关于人的问题。"

孙志刚的墓碑上刻有这样一段话："逝者已逝，众恶徒已正法，然天下居庙堂者与处江湖者，当以此为鉴，牢记生命之重，人权之重，民生之重，法治之重，无使天下善良百姓，徒为鱼肉。"

2014 年 11 月 25 日，黑龙江省林区中级人民法院的两位法官来到河南新野县鲍湾村，实地调查当地耍猴人的历史习俗、生活状态，并对鲍风山、鲍庆山、苏国印和田军安进行了问询记录。猴艺协会会长张俊然带着法官到村里几家猕猴繁育场转了转，还让留守在家的艺人带着猴子做了一些简单的猴艺表演，希望在有限的时间内，尽可能地让两位法官了解新野猴戏文化。

两位法官拒绝了媒体的采访。四位耍猴人对黑龙江林区中院的工作人员能前来做实地调查，既感动又欣慰，认为这是一种负责任的态度，有助于对他们四人有罪上诉的再审理。

英国大法官培根说过："一次不公正裁判的罪恶甚于十次犯罪，因为犯罪污染的只是水流，而枉法裁判污染的却是水源。"

此案的公正判决，关乎一千多名猴戏艺人的声誉，关乎数千只猕猴的繁衍，更关乎新野猴戏这一河南非物质文化遗产的生死存亡！司法机关应当在法律的范围内，以公平为念而勿忘慈悲，应当以严厉的眼光对事，而以悲悯的眼光对人。

人处在世俗之中，不可避免地有高低贵贱之分，对于那些善良弱势的人，我们只有通过宽容、理解、帮扶，才能给他们带来改变的希望。

耍猴人后续

耍猴人无罪

　　四名耍猴人在黑龙江牡丹江市被判刑的消息被各个媒体报道之后，在国内引起了轩然大波，中央电视台《今日说法》《法制日报》等几十家媒体跟踪报道，这使得牡丹江市相关部门备受压力。这四个耍猴艺人拥有的猴子到底是野生动物还是私人财产？这和国家法律的明文规定有着明显的矛盾和冲突。对耍猴人来说，在自己家数代繁衍养殖的猴子不应该是个人的私有财产？法律规定中华人民共和国国民的私有财产应当受到法律的保护，如果是私有财产，现在这个判决明显有失公理，量刑是错误的。另外中国的《野生动物保护法》也把猕猴列为二级保护动物，法律中并没有规定这些历史遗留的养殖方式是否违法。

　　在媒体、律师和其他各界人士的呼吁下，这四名耍猴人终于提起上诉，他们觉得自己可以一生背着猴子走江湖卖艺，但不能一生背着一个有罪的名声行走天下。

　　对于他们四人的上诉，黑龙江省林区中级人民法院于2014年11月25日特意派两位工作人员前来河南新野县鲍湾村，实地调查当地耍猴人养猴和繁衍猴子的历史习俗和生活状态，并对鲍风山、鲍庆山、苏国印、田军安再次进行了问询记录。这似乎让四位耍猴人感到了希望，黑龙江二位林区中级人民法院人员能前来实地调查让他们感到一丝欣慰，如果法官在一审的时候能够听取他们的辩诉，也不会判他们有罪。但愿这次实地调查是一种负责任的态度，有助于黑龙江省林区中级人民法院二次审理时的改判。

2015年1月13日。距离上次来实地调查的时间还不到一个月，黑龙江省林区中级人民法院的几名工作人员再次来到新野鲍湾村，在鲍风山家当面把二审的开庭通知送到四位耍猴人手里，告诉他们：黑龙江省林区中级人民法院会重新审理他们的案子，希望他们四人能到黑龙江省牡丹江市参加二审开庭和宣判，并承担他们往返的全部费用。

四位耍猴人中的田军安是一个胆小怕事的人，行走江湖多年的遭遇让他谨慎多疑，他怕这次去黑龙江参加二审会再次被公安部门报复抓起来，于是就坚决不同意去黑龙江参加二审开庭，耍猴人苏国印也以身体不好为由拒绝前往，于是四人商量后决定不去黑龙江当地参加二审的开庭，他们通过律师团和新野猕猴养殖协会向几位法官说明了自己的担忧和意愿。

鉴于上诉人提出的情况，几位牡丹江市林区人民法院的工作人员商量后决定借用新野县当地的法庭进行开庭，这样就免去了四位耍猴人的顾虑，也符合异地审批的原则。就这样，二审上诉案定于1月20日在河南省新野县人民法院公开审理宣判。

这样的审判在当地是首开先河的，由于时间紧张，只有得到消息的几家媒体赶到了新野县。新野县政府部门对此不做任何表态，他们既不同情这几个耍猴人，也对这个事情不做任何评价，只有鲍风山等四人所属的新野县猕猴养殖协会征集律师团来应对二审期间的诉讼。

20日上午10时左右，法官宣布开庭。其实这次开庭根本就没有庭审，也没有宣布对此案的实地调查结果，而是法官直接宣布判决结果。

二审法院当庭判决，鲍风山、鲍庆山、苏国印、田军安四人无罪。四人中出庭的三人领到判决书，唯有胆小怕事的田军安没有出庭，人也不知去向，他老婆在法庭参加了宣判过程。受过一次刑事的处罚对一个普通老百姓来说可能是终生的阴影。

耍猴人从黑龙江省林区中级人民法院法官手中领到了宣判他们无罪的二审判决书，判决书显示落款日期为1月9日。也就是说黑龙江省林区中级人民法院在来新野县之前，就已经打印好了判决书。

在二审判决中，黑龙江省林区中级人民法院并没有撤销一审判决，反而认定一审判决事实清楚，证据确实、充分，

审法院当庭判决，鲍风山、鲍庆山、苏国印、田军安四人无罪。

审判程序合法。上诉人鲍风山、鲍庆山、田军安、苏国印在未凭驯养繁殖许可证向行政主管部门申请办理运输证明的情况下，将国家二级重点保护野生动物猕猴从河南省新野县携带至黑龙江省牡丹江市，违反了国家野生动物保护法规关于运输、携带国家重点保护野生动物出县境必须经省级人民政府野生动物行政主管部门或者其授权单位批准的规定。但是，二审判决重新认定四名上诉人是利用农闲时间去异地进行猴艺表演营利谋生，客观上需要长途运输猕猴，在运输、表演过程中，并未对携带的猕猴造成伤害，故四名上诉人的行为属于情节显著轻微，危害不大，可不认为是犯罪，故改判无罪。

二审的判决对被森林公安部门暂养期间死去的猴子的赔偿和责任只字未提。

不难看出，东京城林区基层法院一审判决就是在为牡丹江市森林公安局开脱责任，一审判决所用的是平衡策略，适用刑法第37条，即宣告被告人有罪，又以"犯罪情节轻微"为由，免予刑事处罚，将四名被告人当庭释放——二审判决没有撤销一审判决，也就没有错误追诉，不需要错案追究和国家赔偿。

在四名要猴人被羁押期间，他们的六只猴子死了一只，森林公安局对这只死去的猴子没办法解释，取保候审后四位要猴人多次去向他们讨要猴子和追究责任，并向当地有关部门反映森林公安人员的执法问题。已经死了一只猴子，责任由谁来负？公安部门怎么解释这只猴子的死亡原因？在这种情况下，只有判四名耍猴人有罪才能合理地为公安部门开脱责任，达到不赔偿猴子的目的。

牡丹江市森林公安局本以为把被告人一放，这四位耍猴人也不敢上诉（四名耍猴艺人确实未打算上诉），社会的舆论压力即可缓解。不想新野猕猴艺术协会不服这顶有罪的帽子，在全国招募起律师，终于替四名耍猴人提起了上诉。

而二审依然采取的是平衡方式。首先肯定黑龙江省林区中级人民法院一审判决事实、证据、程序均无问题，然后适用刑法第13条的"但书"（法条但是之后的文字部分，理论上称为但书）改判无罪。刑法第13条较长，这里可简化为："一切……危害社会的行为，依照法律应当受刑罚处罚的，都是犯罪，但是情节显著轻微危害不大的，不认为是犯罪。"

虽然此案的判决并不令人满意，但是已经生效的判决毕竟宣告了四名耍猴艺人的行为是无罪的，并有一定的积极意义。比如说，以后村里的耍猴艺人们在全国各地巡演，再受到刑事追究的可能性就不大了。

鲍风山表示，对二审判决结果，他和其他三名同伴都表示认可。他接下来将同律师团商议，准备向抓捕并拘押他们长达49天的黑龙江省牡丹江森林公安局发出律师索赔函，"关了我们几十天，弄死我们的猴子，这都得赔钱。"

他们四个也就是这么说说而已，他们真敢再次向牡丹江森林公安局索要死去猴子的赔款吗？他们不敢，在中国人的历史上向来是"民不和官斗"，这次的改判已经是一次罕见的纠正，他们也就到此为止了。

新野县猕猴养殖协会还给黑龙江省林区中级人民法院的法官送了锦旗。这个锦旗送得让人感到卑微，中国底层的民众盼望社会、法律的公正，哪怕是公权机构有一点小小的改正、一点小小的怜悯，都换来百姓莫名的激动和感激，这种思想在中国历史上一直存在到今天。

再一个是当地政府的态度。从去年7月耍猴人被抓的事情发生到现在的二次开庭，当地的政府没有任何的表示。我曾多次给新野县宣传部长、副县长、副书记打电话，他们根本就不接。最后，我找到一个敢说话的宣传部的官员，他实话告诉我："有的人认为这些耍猴人根本就没有给当地带来正面形象和影响，更谈不上经济效益，是一群可以忽略的人，他们赚钱都装进自己腰包，和县里的经济发展没有任何关系，倒是给新野县带来邋遢落后的形象。"

我记得耍猴人杨林贵跟我说过一句话："我们能耍猴赚钱，不给政府添麻烦就已经很好了，我们知足！"

鲍风山说："二审判决对于新野猴戏艺人来说至关重要，耍猴艺人现在知道，没有野生动物运输证携带猴子出去表演是不是犯罪，现在我们上诉胜利了，从表面上看这个事情告一段落了，但最头疼的问题还没有解决，希望有关部门能够根据猴戏作为非物质文化遗产的特殊性，简化办理程序，切实为猴艺的发展以及猴子的繁育提供明确的法律政策。"

我在想，即便这些耍猴人不再面临法律紧箍咒，民间猴艺这项"非物质文化遗产"亦难改消逝的命运了。

再见杨林贵

《最后的耍猴人》2015年3月出版之后，当年就获得中国图书评选的几个大奖，并荣登"豆瓣2015年度高分图书"，老杨的命运也由此改变。他不再是之前那个牵着猴子走在街头卖艺赚钱的老杨了，很多景区得知他的大名之后，邀请他带着猴子到景区内进行固定的表演，这使他的收入大大增加，一些影视剧组还邀请他带着猴子参与拍摄，王宝强拍摄的《大闹天竺》一部影片就给了老杨十几万的片酬，这是之前他从来不敢想，也没有想到的事。

回到家乡新野，县里的猴艺协会还邀请他担任协会副会长一职，虽说这个职位并没有经济收入，却给他在当地带来了很大的名气。

距离耍猴人被改判无罪已经过去6年了，河南省新野县政府依然对这些耍猴人持不管不问态度。他们开始批复个人投资的大型猕猴养殖场，这些猕猴养殖场能给县里带来一些税收，对县里的经济发展起到一些推动作用，这使得更多的耍猴人逐渐退出行走江湖耍猴卖艺的状态。随着社会的发展、人民素质的提高，很多人不再接受这种没有艺术美感的街头耍猴表演，让这些耍猴人去提高文化修养，和猴子一起进行高水准的艺术表演也不现实，这也注定杨林贵他们成为这个时代最后的耍猴人。

2021年5月8日，连续几天的晴天让气温飙升到36°C，初夏的阳光变得燥热，地里的麦穗开始饱满起来，再过一个月就是中原地区收麦的季节了。在洛阳吃完中午饭，我就开车前往南阳新野县。从洛阳到新野一共274公里，大约需要3个半小时。

2020年新冠疫情发生之后，中国人基本上很少外出流动，也少有外出旅游和聚集性演出。老杨基本上都待在家里没有外出，也没有景区邀请他去表演，他开始在家养殖猴子，女儿和女婿也在家贷款投资了一个占地3亩的大型猕猴养殖场，开始了猕猴的繁殖饲养，像这样的猴场在当地已经发展到二三十家，猴子的养殖数量达到5000只以上。

下午4点10分，我下了新野高速，现在通往乡村的道路都已经修成了水泥路，和之前坑坑洼洼的道路相比方便了许多。中国实施的村村通公路工程，又称"五年千亿元"工程，是指政府力争在5年时间实现所有村庄通沥青路或水泥路，以打破农村经济发展的交通瓶颈，解决9亿农民的出行难题。该工程以国家和省出资为主，地方财政（市与县）配套部分资金，绝不允许向农民强制摊派。应该说这是一项方便人民的好政策，至少这里的道路得到了很大改善，村民的出行不再是之前"雨天两脚泥，晴天两脚土"的样子。

老杨家还是在老地方，门前的坑洼路变成了平整的水泥路，墙上的标语由之前的"坚决打击违法上访"换成了现在的"精准扶贫到人到户，发展产业齐心脱贫"，由于政府已经发布"今年已经全国脱贫"的消息，看来这条标语也过时了，相信不久就该换成新的标语口号。

我把车停在杨林贵家门口，老杨和妻子正坐在大门口乘凉，看到我下车，他马上迎了过来。

老杨看起来明显老了，其实他才65岁，脸上的皱纹深深浅浅地堆叠，看起来像70多岁的样子。

"这路修得好啊，开车多方便！"我说道。

"好个屁！修这路的时候，向我们村里每户摊派3000元的费用，按照国家规定是村民不出钱的，可是你不出钱，他们不给你修！"

老杨说话还是那么直截了当，脾气一点都不拐弯。他指着村里的黄色管道说："你看见这些黄色管道了吗？这是天然气管道，已经架设了两年，也没有给我们通气，架设完了就不管了，成了一个摆设，他们骗完国家给的补助款就不再管了，再过两年这些管道就报废了。"

老杨的家里基本上没有什么改变，乱糟糟泛着潮湿加被褥的气息。院子里的笼子里养着三只猴子，两大一小。看到我这个陌生人进来，大公猴子摇着铁笼冲着我一阵咆哮，力气大得差点把铁笼子都晃倒了，还是老杨的一声吆喝，大公猴子才停止晃动铁笼。

老杨指着小猴子有些得意地说："这个猴娃乖，是我每天都带着的宠物，跟我的关系可好、可亲密了。"

边说这话，老杨边从笼子里把小猴子抱了出来。小猴子和老杨很是亲昵，在老杨怀里撒娇、亲热，在老杨的身上蹿上蹿下，抱着老杨的头在他头发里拨来拨去，像是同类拨毛一样，老杨蹲在那里，很享受小猴给他带来的一番"按摩"。

老杨的孙女已经长成了一个身高 1.7 米的大姑娘，孙子也已经 10 岁了。老杨给了孙子 5 块钱，让他去买冰糖，进屋先喝茶是新野的待客习俗，而且必须是糖茶。记得 2003 年 10 月我第一次到他家的时候，他给我倒的也是这种糖茶，后来我跟着他去成都拍摄，一路上他带的也是这种茶。市场上最廉价的茶叶和冰糖，却是他们待客的最高礼仪。

"来、来，喝喝，夏天热，喝了除胃火，对身体有好处。"我端起碗喝一口，老杨给我碗里添一口，这么热的天，他始终不让茶水凉下来。

老杨说："我现在家里有 5 亩土地，种的都是花生，之前种了十几亩大葱，那时候很多大葱都是出口到日本的，后来经济不好，种葱不赚钱了，就不种了，加上各地景区总有人来请我出去表演，就不种地了。去景区表演一般都和他们

小猴子和老杨很是亲昵，在老杨怀里撒娇、亲热。

签合同，有的签一年，有的签半年。中国南方景区冬季不冷，猴子可以表演，他们一般都给我签一至两年的合同，北方的景区由于冬天不能表演，一般都是签半年或者几个月的合同，平均一个月下来能赚七八千块钱。在电影剧组拍摄比较赚钱，我参与的《铁猴子传奇》《大闹天竺》《盛唐幻夜》等五六部电影是最有名的。"

村里现在还有人外出耍猴吗？

老杨说："只剩下四个人了。两个姓孙的、两个姓鲍的，就剩下这两班人马外出耍猴了，其他的人要么出去打工，要么去景区做表演，要么在家做猴子的繁殖饲养，干点啥都比外出耍猴赚钱。17年前你来的时候，这里有七八百耍猴人，现在没有了，我们现在就是最后的耍猴人，但是也老了，耍不了了。"

老杨深深地叹了口气，指着茶碗说："喝茶，喝茶。"

现在饲养猴子的人有多少？

老杨说："养猴子的成本太大了，一个场投资就得几百万元，一般人投资不起呀。村里现在有好几个场，也是有名的养殖基地。张云尧的算一个，黄爱青的算一个，张宜献算一个，村支书鲍子龙算一个，人家都是大场，一个场都养有几百只猴子。杨海成也算一个，但他是在家养的，规模不大。我现在也老了，跑不动了，我也在家里养，我一共养了13只猴子，这13只猴子是我养老的本钱啊，别的我也不会，打工人家都不要。不过在家里养猴子也要承担风险，养不好，死了一只猴子，几万块钱就没有了。现在私自买卖猴子也是不允许的，被抓住了就得判刑，村支书就被判了六年，前几天刚刚被释放出来。"

今年猴子的价格怎么样？

老杨说："今年猴子的价格非常好，这和目前的新冠疫情有关系。从去年开始，用于科学实验的猴子价格一路上涨，实验室从我们这里调猴子，每只就要3万多元，一只刚满月的小猴子也得1万多元，好像《人民日报》都刊登了新闻，标题就是'一猴难求'。因为人工养殖的猴子都属于二代之后的猴子，甚至是三代四代的猴子，这样的猴子吃的东西和人接近，适合用于动物实验。"

老杨问："听说在日本也有耍猴的？有没有？我知道印度有，印度也是一个穷国家，穷的地方有耍猴的不稀罕，但是日本这样的发达国家也有耍猴人，我觉得挺稀罕的。"

"日本有耍猴人，而且男女都有，很多还是年轻人，但是他们和你们的表演方式不一样：他们一个班子也是两到三人，每人带一只猴子进行表演，不过他们把猴子训练得很温顺、很有礼貌，猴子很讲卫生，身上也很干净，这样的表演也很可爱，人和猴子的互动不在简单的打闹上，而是像杂技表演一样，还有一定的幽默。回头我找个视频你看看，虽说中国和日本都有耍猴人，但是文明程度和文化程度是有差距的。要把生性爱动的猕猴训练得野性收敛，需要耍猴人和猴子之间培养出一定感情才行，能把动物野性收敛到一定范围，不伤及观者，需要一定的驯养功夫。日本的耍猴人也在神社庙会、寺院门口、车站等人员多的地方进行表演，政府在管理上会给这些耍猴人一个表演的场地，表演中他们可以让猴子高杆倒立、跳高钻圆圈、像运动员一样跑步跨栏、踩高跷——而且是一人多高的高跷，这些表演都很温和。耍猴人会在场子边放一个竹筐，大家看得高兴的时候，自愿给钱就是了，而且给钱的观众耍猴人都会回赠一个红色纸符，上面有祝福的话。从耍猴人的表演方式上来看，你们的耍猴方式和印度很相似，也就是你说的，印度是一个贫穷的国家，穷的地方耍猴更有人看，而穷人的表演往往都很相似，但是在富裕的国家和地方耍猴也有人看，只不过表演的方式不一样，这种不一样就是贫富和文化上的差异。"

老杨饶有兴趣地听我讲完后说道："如果有机会我能去日本表演，就和他们的耍猴人比试一下，看看我的猴艺能不能胜过他们。"

这时候老杨的孙子走过来，拿着苹果给老杨怀里的小猴子吃。

老杨抱着这只小猴子开心地说："这只小猴子有人给我两万块钱我都没卖，我要留着他陪我养老，它可通人性了。"

村里曾经有一位老人养了一只小猴子，在这只猴子7岁

老杨的孙子过来，拿着苹果给老杨怀里的小猴子吃。

的时候，老人去世了，出殡那天，这只猴子一直跟到老人的坟上，从此人们就经常看到这只猴子在坟头的树上待着，陪伴着老人。我也很希望老杨的这只猴子能陪伴在他身边，那感人的一幕一定会在他身上发生，因为猴子和人的感情太相近了，他们只要心灵相通，一定会相伴一生。

张云尧的猴场在一大片菜地里，场子周边的菜地正在收洋葱，站在地边就能闻到新鲜而又辛辣的洋葱味道，今年的洋葱价格不错，村里以往种植大葱的人家有一半改种了洋葱。对农民来说，最重要的就是经济效益，今年种的作物不赚钱，明年就改种其他的品种。

张云尧的猴场很大，占地面积有四五亩，猴场散发着猴子身上特有的浓烈的腥臊味，和洋葱地里散发的辛辣味混合在一起，形成一种特殊的上头气味。几只猴子拴在水渠边的树下，正值傍晚时分，一群大鹅摇摇晃晃从猴子身边走过，淘气的猴子不忘伸出手去吓唬一下大鹅，大鹅躲闪一下，依旧摇摇晃晃往窝里走。看样子这是司空见惯的场景，猴子和大鹅彼此都熟悉了，调皮只是猴子的本性而已，大鹅已然忽视了猴子的淘气。

张云尧的猴场叫"新野县碧水湾猕猴驯养繁殖基地"，这里还挂着"中国共产党新野县樊集乡猕猴驯养繁育联合党支部"的大牌子，党的基层组织正在逐步加强。

进猴场坐下来的第一件事还是喝茶，喝不喝都要倒上，这是村里人的待客之道。

张云尧说："我的猴场主要是给实验室提供实验用的猴子，这里饲养的猴子是严格按照标准进行养殖的，这里的猕猴准确的学名叫'恒河猴'。每次实验室或者动物园引种的时候都会有具体要求，这和他们私人饲养的标准不一样。他们私人养殖的猴子最后也要在这里做检测，合格后才能出售，私人出售是不允许的，也是违法的。"

张云尧拿出合同和标准给我看，其中出售的猴子要求是人工繁育的二代之后的猴子，年龄在 3 岁以上。医学检查要求 TB（结核杆菌抗体）阴性，沙门菌、志贺菌、体内外寄

一群大鹅摇摇晃晃从猴子身边走过。

生虫阴性，无体表真菌感染，在发货前应连续进行至少三次
TB 检测，每次间隔 14 天，且最近一次应在发货前两周，结
果需为阴性。在发货前应由甲方进行 BV（猴 B 病毒）、SRV（猴
逆转录病毒）、STLV（T 淋巴细胞白血病病毒）、SIV（猴免
疫缺陷病毒）检测，并进行 1 到 2 次血液生化检测。无体表
真菌感染、无生育史；肢体健全，身体健康，被毛完整，外
观无脱毛，无体表疾。动物资料档案完整，生产销售过程合
法、合规。

　　张云尧说："虽说今年的猴子价格上涨不少，但是你没
有合法养殖手续，这钱你也赚不到，不是说你自己养的就能
随便出售。很多养殖户销售手续批不下来，场里的猴子只能

养着，这样开销就大，很多就靠贷款维持养殖，一旦手续批下来，这个场就能盈利。"

说话之间杨林贵也来到张云尧的猴场，他们俩之前有一些矛盾，老杨在当地也算得上一个小名人，有些飘飘然的自大，他看不惯老张在猴场经营上的一些做法，总想用所谓的正义之言来评价一个经商的人，这显然不能被张云尧接受。但是张云尧毕竟要比杨林贵有文化有素质，加上我最初介入这个群体时，也是张云尧把老杨介绍给我认识的，我希望他们之间不要有芥蒂。晚上，张云尧请我吃饭，我把老杨也叫上，一场宴席就消除了他们俩之间本就不多的恩怨。

杨海成叫杨林贵二爷，原本跟着杨林贵外出耍猴，2004年外出耍猴从房上摔下来摔断了锁骨，之后就不再行走江湖耍猴卖艺，以在家中饲养繁殖猴子为生。现在他已经养殖了40多只猴子，他把养殖的猴子转手卖给有销售许可证的弟弟的猴场，虽说价格低一些，但是由于自己没有销售许可证，有这样的收入也已经算不错了。

2003年的时候，我给杨海成和他的小儿子拍摄了一张合影，这次我又给他们父子拍摄了一张，时隔近二十年的变化在照片上就显示了出来。他儿子已经结婚，现在在网上做电商生意。小时候他就说坚决不跟着父亲外出耍猴，现在他依然不愿意从事父亲的家庭猴子养殖。他在南阳市买了房子，

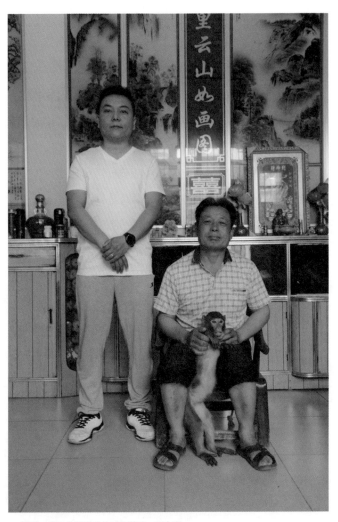

18 年后，我又给杨海成父子拍摄了一张合影。

这个乡村已经留不住接触到外面世界的新一代人。

　　杨林贵女儿女婿的猴场占地 3 亩，养殖了 100 多只猴子，一年的开销就需要 20 万。他们夫妻俩是贷款办了这个养殖场，开始的时候资金紧张，有时候连给猴子买食物的钱都没有，老杨两口子时不时地还要接济他们俩。最后还是张云尧出手相助，购买了一批他们的成猴，让他们俩一下子有了 100 多万的收入，他们这才走出经济困境。我们谈话的时候，女儿女婿不断地劝说父亲杨林贵不要总是看不惯张云尧："要看到别人对自己的帮助，而不要记恨一时的得失，商有商道，你不能以你的好恶来评价一个人的市场行为。人家帮了我们不少，我们又都在这个行业，人家随便找你一点事，你的猴场就得关门。你都到这个岁数还看不清这个社会吗？少说话，事情办了就好了，脾气再不改，谁都不愿意跟你打交道了。"

　　女儿女婿一席话说得老杨低头不语，我知道，他这个年纪，性格难改了。

　　说话间，老杨的女儿杨宇抱出一只小猴子，小猴子趴在她的手臂上吸奶瓶里的奶，杨宇说："这只小猴子生病后被遗弃了，我只好把它带在身边饲养。"这个场景我 2003 年初次到村里拍摄的时候在黄爱青家里看到过，人类和猴子这种共生的亲情和经济关系，在鲍湾村展现得淋漓尽致。我想人与人之间的关系、社会与社会之间的关系也莫过于此吧！

惊奇 wonder BOOKS　鼎之文化

最后的耍猴人　　　　　　　　　　出版统筹　周昀　｜　特约编辑　赵金
ZUIHOU DE SHUAHOUREN　　　　选题策划　鼎之文化 高连兴

图书在版编目（CIP）数据

最后的耍猴人 / 马宏杰著. -- 上海：上海文艺出版社,2023.1（2024.9重印）

ISBN 978-7-5321-8561-0

Ⅰ.①最… Ⅱ.①马… Ⅲ.①纪实文学－中国－当代

Ⅳ.①I25

中国国家版本馆CIP数据核字(2020)第207390号

发 行 人：毕　胜
责任编辑：肖海鸥
装帧设计：关　于

书　　名：最后的耍猴人
作　　者：马宏杰
出　　版：上海世纪出版集团　　上海文艺出版社
地　　址：上海市闵行区号景路159弄A座2楼 201101
发　　行：上海文艺出版社发行中心
　　　　　上海市闵行区号景路159弄A座2楼206室　201101 www.ewen.co
印　　刷：山东临沂新华印刷物流集团有限责任公司
开　　本：787×1092 1/32
印　　张：11.25
字　　数：215,000
印　　次：2023年1月第1版 2024年9月第3次印刷
I S B N：978-7-5321-8561-0 / J.589
定　　价：68.00元

告读者：如发现印装质量问题，影响阅读，请与出版社发行部门联系调换。